미래에서 온
영화감독

칠순 현대 판타지 장편소설

WISHBOOKS MODERN FANTASY STORY

미래에서 온 영화감독 5

철순 현대 판타지 장편소설

초판 1쇄 찍은 날 | 2019년 4월 11일
초판 1쇄 펴낸 날 | 2019년 4월 18일

지은이 | 철순
펴낸이 | 예경원

기획 | 위시북스
편집책임 | 이규재
편집 | 위시북스

펴낸곳 | 예원북스
등록번호 | 제396-2012-000132호
등록일자 | 2012. 7. 25
KFN | 제1-396호

주소 | 경기도 고양시 일산동구 호수로 646-24 위너스21II빌딩 206A호 (우)10401
전화 | 031-819-9431 팩스 | 031-817-9432
E-mail | yewonbooks@naver.com

ISBN 979-11-6424-244-3 04810
　　　979-11-965806-5-0 (set)

Wish
Books

미래에서 온 영화감독 ⟨5⟩

영화감독

철순 현대 판타지 장편소설

WISHBOOKS MODERN FANTASY STORY

미래에서 온
영화감독

CONTENTS

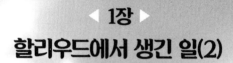

◀ 1장 ▶
할리우드에서 생긴 일(2)

　지금의 강찬에게 할리우드란 꿈의 무대다.

　그런 곳에서 유명한 배우들과 파티를 즐기고, 지금의 강찬
은 가질 수 없는 정보를 건네주는 것만으로 강찬은 마이클 홀
랜드에게 호감을 가질 수밖에 없게 된다.

　하지만 마이클 홀랜드에게 이 일은 그다지 큰일이 아니다.

　'똑똑한, 아니, 영악한 사람이야.'

　강찬이라는 투자 종목에 투자하기 가장 좋은 타이밍은 바
로 지금이다. 어느 정도 인지도가 있지만 세계 시장에 비비기
는 모자란 지금.

　그에게 세계 시장으로 가는 발판을 놓아준다면, 강찬의 입
장에서는 거부할 수 없다. 하물며 그게 공짜라면? 절을 해도

모자를 터.

물질적인 것이 아닌, 마음에 빚을 지워 놓는 것이다.

마이클 홀랜드의 속내를 이해한 강찬이었지만 별다른 생각이 들지 않았다. 자신이 마이클 홀랜드였더라도 똑같이 했을 것이며.

'지금 내가 그러고 있는데.'

발아한, 그리고 발아할 사람들을 데려다 키우고 자신의 사람으로 삼는 것. 크게 보면 마이클 홀랜드와 다를 것이 없었다.

"이 일, 잊지 않겠습니다."

"복수를 다짐하는 주인공의 대사 같군요."

"감사하다는 뜻입니다."

강찬이 입꼬리를 올리며 손을 건네자 마이클 홀랜드가 그의 손을 쥐며 악수를 받았다.

사흘 뒤.

할리우드에서 조금 벗어난 베버리 힐즈. 택시에서 내린 강찬이 입구에 서 있는 슈퍼카의 매끈한 자태에 혀를 내둘렀다.

'어마어마하네.'

슈퍼카뿐만 아니라 파티 장소인 저택 또한 엄청났다.

집의 입구부터 파티장까지 적어도 300m는 될 것 같았으며 입구에서는 선글라스를 쓴 가드들이 초대장을 검사하고 있었다.

강찬이 집을 둘러보는 사이, 어느새 마중을 나온 마이클 홀랜드가 그를 향해 손을 흔들었다.

"오셨습니까."

붉은 머리 색과 잘 어울리는 갈색 세미 수트를 입은 그는 매력적인 미소를 지으며 강찬에게 다가왔다.

"예."

"차려입으니 또 분위기가 다르네. '악당'의 주인공 '오지훈'이 생각나는군요."

"칭찬으로 듣죠."

"칭찬 맞습니다. 멋져요."

엄지를 치켜세운 그는 '들어갑시다.' 하는 말과 함께 강찬을 안내했다.

입구로 다가가자 마이클 홀랜드의 얼굴을 알아본 가드는 고개를 끄덕이며 두 사람을 들여보내 주었고 기다리고 있던 골프 카트가 두 사람을 맞이했다.

"골프 카트?"

"보시다시피 걸어가긴 좀 멀어서."

강찬이 휘, 하고 휘파람을 불며 차에 오르자 마이클이 말을 이었다.

"누군지 궁금하시죠?"

"예."

베버리 힐즈에 이만한 집을 소유하고 있는 배우라면 할리우드에서도 탑급의 배우일 것이 분명했다.

그런 이가 연 프라이빗 파티에 초대를 받았다는 것 자체가 강찬의 위치를 증명하는 것이나 마찬가지.

그의 입가에 걸린 미소를 본 마이클이 말했다.

"그 친구도 기대하고 있습니다."

마이클이 삼십 대 중반이니 그의 친구 또한 비슷한 나이일 터. 마이클 또래의 배우들을 리스트에 올려보고 있을 때. 카트가 멈추었고 마이클 홀랜드가 말했다.

"저기 있군요."

그가 가리키는 방향으로 강찬의 시선이 돌아갔고 곧 선글라스를 낀 백인을 발견했다. 조금 벗어진 이마와 갈색 머리. 세월의 흔적처럼 새겨진 입가 주름과 큰 키.

그를 본 순간, 강찬은 자신이 생각하는 친구의 범위가 너무 좁았다는 것을 깨달았다.

"누군지 아시겠습니까?"

마이클의 물음에 강찬이 헛웃음을 흘렸다.

"그럼요."

'브이 포 벤데타(V For Vendetta)'의 V. 아니 그 전에 '매트릭스'의 스미스 역으로 한국인들에게도 충분히 익숙한 배우.

"휴고 위빙(Hugo Wallace Weaving). 저분을 제 눈으로 보는 날이 올 줄이야."

강찬이 마른 침을 삼켰을 때, 손을 흔든 휴고 위빙이 두 사람을 향해 걸어오기 시작했다.

강찬이 처음으로 한 일은 눈을 껌뻑이는 것이었다.

'맙소사.'

매트릭스 시리즈에서 보여주었던 그의 캐릭터, 스미스 요원은 2000년대를 살아가는 사람이라면 누구라도 기억하고 있을 것이다.

그 이후로도 브이 포 벤데타의 브이, 반지의 제왕의 엘프 수장 엘론드, 캡틴 아메리카의 레드 스컬, 핵소 고지의 톰 도스 등 등장하는 영화마다 인상적인 연기로 영화에 볼륨을 더해 주는 배우.

너무 높은 위치에 있었기에 함께 일하는 것은 생각해 보지도 못했다. 단지 그의 영화가 나오는 걸 챙겨보기만 할 뿐.

그런데 그랬던 휴고 위빙이 자신에게 손을 흔들며 다가오고 있었다.

얼마나 놀랐는지 입조차 닫지 못하고 있는 강찬의 얼굴을 구경하던 마이클이 씩 웃으며 말했다.

"미스터 강도 그런 표정을 짓는군요. 날 처음 만났을 때는 그런 표정이 아니었던 것 같은데…… 좀 더 열심히 해야겠습니다."

"정말 마이클의 친구인가요?"

그의 물음에 마이클은 휴고 위빙에게 다가가 손을 건넸다. 그러자 휴고가 그의 손을 맞잡으며 서로 등을 두들겼고 곧 두 사람은 환한 미소를 지은 채 강찬에게 다가왔다.

"이쪽은 선댄스 키드, 강찬 감독."

"반갑습니다. 강찬입니다."

강찬의 인사에 휴고 위빙이 손을 내밀었고 두 사람이 손을 맞잡은 것을 본 마이클은 익살스러운 목소리로 소개를 이어갔다.

"제 친구, 휴고 위빙을 소개합니다."

"안녕하십니까."

첫사랑이었던 소피 마르소의 손을 잡아도 이렇게까지 떨리진 않을 것 같았다. 몇 번의 심호흡 끝에 진정을 한 강찬이 휴고 위빙과 눈을 맞추었다.

"배우님 팬입니다."

하하, 하고 웃은 그가 손을 놓으며 말을 이었다.

"저도 감독님 팬입니다. 마이클 이 친구가 이렇게 빨리 만나게 해줄 수 있는 걸 미리 알았다면 진작 부탁할 걸 그랬어요."

"그러게요. 저도 마이클이 휴고와 친구라는 걸 알았다면 조금 더 친하게 지냈을 텐데."

두 사람의 말에 마이클의 미간이 찌푸려졌다.

"이 사람들이?"

그의 반응에 웃음을 터뜨린 휴고는 강찬의 어깨를 툭툭 두들기며 말했다.

"파티에 와줘서 고마워요. 그럼 들어가죠."

"아뇨, 초대해 주셔서 감사하죠."

인사와 함께 건물 안으로 들어온 강찬은 잠깐 입을 벌렸다가 다물었다. 높은 건물과 화려한 주택이라면 질리도록 본 강찬이었지만 이 정도는 처음이었다.

'진짜 탑급의 스타라는 건가.'

베버리 힐즈에 집을 살 수 있는 사람은 전 세계를 통틀어도 몇 되지 않는다. 개중에 배우는 더 적고.

"좋은 집이네요."

"고마워요."

그의 안내를 받아 안으로 들어가자 수영장과 선베드, 그리고 TV와 소파. 바비큐와 바가 한 곳에 존재하는 말 그대로의 '파티장'이 모습을 드러냈다.

강찬과 휴고, 그리고 마이클이 파티장에 들어서자 사람들이 손을 흔들거나 인사를 건넸고, 그 사이 근처를 지나던 사내 한 명이 강찬에게 다가오며 물었다.

"처음 보는 얼굴인데."

그의 말에 휴고가 두 사람 사이에 서며 말했다.

"이쪽은 존, 존 터투로."

"안녕하세요."

"이쪽은 강찬. 영화감독이야."

존 터투로. 트랜스포머에서 에이전트 시몬스로 나왔던 배우다. 그를 알아본 강찬이 영화 잘 봤다고 말하자 존이 미소를 지었다.

그 이후, 몇 명의 배우를 더 소개받고, 또 강찬을 소개해 준 휴고는 강찬을 소파로 안내했다.

"정신없죠?"

"그러게요. 그래도 감사합니다. 덕분에 많은 분을 만나보네요."

휴고는 대답 대신 위스키가 담긴 잔을 건넸다. 그러곤 강찬과 눈을 맞추었다가 아, 하는 탄성과 함께 잔을 회수했다.

"아직 못 마시죠, 참."

"미국법으로는요."

"아쉽네요. 좋은 술인데."

휴고는 강찬에게 건네려던 잔으로 목을 축였다. 그 모습을 보며 입맛을 다시던 강찬은 자신의 앞에 놓인 주스를 마신 뒤 말했다.

"그러고 보니 선댄스에 오셨었나요?"

"예. 매년 수상작은 꼭 챙겨보거든요. 그렇게 강찬 감독의 팬이 되었죠."

선댄스에서 대상을 받는 것만 생각하다 보니 다른 사람들과 교류를 하지 못했다. 그 점이 아쉬워진 강찬이 짧게 혀를 찼을 때. 마이클이 짓궂은 미소를 지으며 물었다.

"미스터 강의 팬이 된 이유를 하나만 꼽자면 뭐가 있습니까?"

"하나라…… 제일 좋은 걸 하나만 말하자면 스토리…… 아니, 스토리라기보다는 그 속에 담긴 본질이라 할까요. 캐릭터에 대한 몰입으로 시작해 이야기를 쌓아가는 과정 자체가 흥미로웠습니다. 그러면서도 지루하지 않게 배열된 사건과 그 누구라도 이해할 수 있는 간단한 이야기로 펼쳐내는 캐릭터들 간의 갈등. 그리고 그 모든 것을 아우르는 연출과 편집이 좋았죠."

"그건 하나가 아닌 것 같은데 말입니다."

마이클의 지적에 어깨를 으쓱거린 휴고는 '하나로 말하자면 영화 그 자체겠지요.' 하고 말을 이었다.

마이클이나 휴고나 둘 다 남을 칭찬하는 데 일가견이 있는 듯했다. 칭찬을 싫어할, 그것도 할리우드의 톱스타가 하는 칭찬을 싫어할 사람이 있을 리 없다마는.

강찬은 화끈거리는 얼굴을 문지르며 화제를 돌리기 위해 다른 질문을 던졌다.

"새로운 작품은 언제쯤 하시나요?"

"지금은 조금 쉬고 싶은 마음도 있고 해서 시나리오만 읽고 있어요."

2007년 개봉하는 트랜스포머 시리즈의 첫 편. 메가트론 목소리를 맡은 이후 휴고 위빙은 2009년까지 휴식기를 갖는다.

지금이 딱 그 시기.

"그렇군요."

그 사실을 기억해낸 강찬이 눈을 빛냈다. 휴고 위빙은 강찬을 자신이 개최한 파티에 초대할 정도로 관심이 있었다.

'잘만 하면…….'

할리우드에서 이름값으로는 탑에 들어가는 휴고 위빙이지만 출연료 쪽에서는 강찬이 감당할 수 있을 정도.

이번 영화 'TWO BASTARDS'에 출연하기에는 늦었다. 이미 시나리오가 완성된 상태이며 만약 휴고 위빙이 자신의 영화에 출연한다 하면 무조건 신작의 주연으로 출연하는 게 맞다.

'그를 위한 캐릭터를 만들어야지.'

김칫국을 사발로 들이키던 강찬이 고개를 휘휘 저었다. 아직은 아무것도 결정된 게 없는 상황.

"무슨 생각을 그렇게 해요?"

"만약 휴고가 제 영화에 나온다면 어떤 캐릭터가 어울릴까 하는 생각을 하고 있었습니다."

그의 말에 휴고가 하하하, 하고 웃더니 고개를 끄덕였다.

"감독다운 대답이네요. 그래서 제게는 어떤 캐릭터가 어울릴 것 같습니까?"

휴고는 소파에 몸을 묻은 뒤 팔 하나를 팔걸이에 얹고 나머지 한 손으로는 위스키를 들어 목을 축였다.

여유로운 미소가 입가에 걸렸고 눈동자에는 기대가 서려 있었다.

"제게 휴고는 V와 스미스입니다. 물론 다른 캐릭터들도 너무나 좋았고 멋졌지만, 그들이 가장 기억에 남더군요."

강찬의 말에 휴고가 짧게 고개를 끄덕였다. 그 또한 자신의 이미지가 '스미스'로 굳어졌다는 사실을 알고 있었으니까.

"그래서 반전을 줘보고 싶습니다. 아주 자상한 아버지, 혹은 삼촌. 하지만 뒤로는 다른 마음을 품고 있는. 두 얼굴의 사나이 같은 느낌이죠. 예를 들면…… 트랜스포머의 메가트론과 옵티머스 프라임의 캐릭터를 얼굴의 양면으로 가지고 있는 사내랄까요."

"흥미롭네요. 시나리오가 있나요?"

그의 물음에 없다고 대답하려던 강찬의 입이 굳었고 그의 시선이 휴고의 눈으로 향했다.

'그냥 기대가 아니다.'

스무 살의 어린 감독이 자신에게 무엇을 보여줄 수 있을지에 대한 기대, 그리고 그와 함께했을 때 어떤 작품이 나올지에 대한, 배우의 기대가 담긴 눈이었다.

'시나리오.'

강찬의 머리가 빠르게 돌았다. 지금 시나리오가 없다고 말한다면 휴고 위빙은 '나중에 한 번 들려 달라.' 하고 넘어갈 것이었다.

그렇다면 지금, 그의 마음에 쏙 드는 시나리오를 말할 수 있다면 어떻게 될까? 그가 관심을 보이고 출연하고 싶다는 생각이 들 만한 시나리오를 생각해 낸다면.

'출연시킬 수 있지 않을까.'

급하게 생각을 마친 강찬은 손가락을 들어 '잠시만요.' 하고 말한 뒤 머릿속을 빠르게 훑었다.

'가족은 진부해. 다음 영화부터는 시리즈로 가야 한다. 100억 관객을 동원하기 위해서는 슈퍼히어로 시리즈물이 필요한데.'

이면성을 가진 히어로를 생각하자 여러 캐릭터가 떠올랐다. 대표적으로 헐크와 지킬 박사.

여기까지 생각한 강찬이 고개를 저었다. 저 캐릭터들의 영화를 찍기 위해서는 판권을 가져와야 하는데 원작 코믹스에 대한 판권은 대형 영화 제작사들이 가지고 있었다.

즉, 그들이 강찬을 영화감독으로 캐스팅하기 전까지는 영상화할 수 없다는 뜻이었다.

'그래도 설명은 할 수 있다.'

일단은 그의 관심을 얻는 것이 우선. 결심한 강찬이 말을 하려는 순간, 휴고가 손을 들며 먼저 말문을 열었다.

"생각해 보니 이런 자리에서 시나리오를 듣는 건 예의가 아닌 것 같군요."

그는 품에서 핸드폰을 꺼내며 말을 이었다.

"번호 좀 알려주실래요? 좋은 자리에서 다시 만나서 이야기 한번 나눠보고 싶은데요."

"아, 예."

강찬은 곧바로 명함을 꺼내 건넸다. 명함을 받은 휴고는 한글과 영어가 적혀 있는 그의 명함을 빤히 보다 물었다.

"'우리들'은 어떤 작품이죠?"

강찬의 명함 뒤에는 그의 필모그래피가 적혀 있었다. 그것을 보고 물어오는 것. 강찬은 천천히 '우리들'에 대한 설명을 해 준 뒤 명함에 적혀 있는 올타임 미디어 홈페이지 주소를 가리키며 말했다.

"여기 들어가시면 볼 수 있습니다."

"기대되네요."

그는 새로운 장난감을 받은 어린아이처럼 해맑게 웃더니 명함을 품에 넣었다. 기본적으로 사람을 배려할 줄 아는 사람이라는 생각에 강찬의 얼굴에도 미소가 번졌다.

그 이후, 마이클과 휴고, 그리고 강찬 세 사람은 서로에 관한 이야기를 나누며 파티를 즐겼다. 그리고 분위기가 무르익었을 때 휴고가 강찬을 보며 물었다.

"이 근처에서 촬영하고 있다고요."

"예."

"그럼 한 번 놀러 가도 될까요?"

"와주시면 감사하죠. 같이 일하는 스태프들도 좋아할 겁니다."

휴고 위빙, 그가 촬영장에 찾아오는 것만으로 스태프들의 사기가 오를 건 당연하다. 강찬이 반색하며 반기자 휴고가 고개를 끄덕였다.

"그럼 언제쯤이 좋을까요?"

강찬이야 당장 내일이라도 좋겠지만. 이왕 보여주는 것 강찬이 보여줄 수 있는 최선을 보여주어 그의 마음을 사로잡을 수 있다면 더 좋을 것이었다.

"일주일 뒤쯤 어떠십니까?"

"좋죠. 그럼 따로 연락 주세요."

만면에 미소를 머금은 강찬이 고개를 끄덕이자 휴고 또한 기대된다는 얼굴로 고개를 끄덕였다.

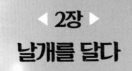

2장
날개를 달다

　순조롭게 촬영을 이어가던 어느 날.

　그러니까 파라가 청바지를 구해오겠다고 말하고 6일이 지난 날의 저녁이었다. 하루 치 촬영을 마친 대여한 스튜디오에서 오늘의 영상을 체크하고 있었다.

　"후."

　이 페이스대로라면 원래 예정된 촬영 기간인 6개월보다 두 달 빠른 4개월 안에 촬영을 끝낼 수 있을 것 같았다.

　후반부 작업의 예정시간은 3개월.

　141개의 신 중 57개의 촬영이 끝났으며 촬영이 끝난 신은 후반부 작업팀으로 넘겨 보정 작업을 하고 있었다.

　얼마나 지났을까, 누군가 스튜디오의 문을 두들겼다. 인터폰을 통해 확인해보자 양손에 커피를 든 파라가 카메라를 올려보고 있었다.

문을 열어주자 파라는 커피를 내밀며 안으로 들어와 의자에 앉았다.

"제가 없으면 어쩌려고 이렇게 찾아왔어요?"

"다른 데 가는 걸 본 적이 없는데."

그녀의 말에 고개를 끄덕인 강찬이 커피 감사하다는 말과 함께 그녀의 앞에 앉았다. 파라는 커피를 테이블에 내려놓더니 모니터를 보며 물었다.

"편집하시는 건가요?"

"일단은 체크만 하고 있습니다."

현장에서 촬영과 동시에 체크를 하긴 하지만 그때는 안 보이던 것들이 편집할 때 보이는 경우가 종종 있었다.

그렇기에 촬영 후 한 번 더 체크를 하는 것.

흐응, 하고 모니터를 훑던 파라가 강찬과 눈을 맞추었다. 그리고 그 순간, 그녀의 머리 위에 있는 발아의 씨앗 중 하나가 빛을 발하기 시작했다.

"전에 맡겼던 일 기억하죠?"

"리바이스?"

"네 그거. "

고개를 끄덕인 파라는 바닥에 내려놓았던 가방에서 얇은

파일 하나를 꺼내 강찬에게 건넸다.

"뭐에요?"

"읽어봐요."

파일에서 서류를 꺼낸 강찬이 종이를 빠르게 훑었고 이내 헛웃음을 흘리며 파라를 바라보았다.

"협찬?"

"예. 협찬."

서류의 내용은 리바이스에서 강찬의 영화 'TWO BASTARDS' 에 청바지를 협찬하겠다는 제안서였다.

영화에 등장하는 모든 노동자, 그리고 하나 이상의 캐릭터가 리바이스의 청바지를 입어야 한다는 조건이며 리바이스 로고가 세 번 이상 화면에 잡혀야 한다는 조건.

"……이걸 어떻게?"

파라는 이제 막 할리우드에 진출한 아트 디렉터다. 그것도 의상이나 소품 쪽이 아닌 영상광고 쪽의 아트 디렉터.

"일단 다 읽어보세요."

강찬은 빠르게 나머지 내용을 훑었다. 그리곤 이내 고개를 끄덕였다.

"개런티가 없네요."

"그거죠."

리바이스 측에서 지급하는 것은 오로지 청바지뿐, 광고비용으로 지급되어야 할 돈에 관한 내용은 어디에도 없었다. 즉, 리바이스의 입장에서 보자면 잃을 것 하나 없는 유리한 계약인 것이다.

만약 강찬의 영화가 흥해 광고 효과를 톡톡히 누린다면 좋은 것이고, 아니라면 신인 감독 한 명 도와준 것으로 이미지를 좋게 만들 수 있는 것.

"그래도 대단한데요?"

"뭐 이 정도야."

청바지 몇십 벌이라 해봤자 몇백만 원 정도다. 그보다 중요한 것은 이 방면으로 아무런 인맥도, 지식도 없는 그녀가 직접 발로 뛰어 계약을 따냈다는 것이었다.

'이게 다는 아닐 것 같은데.'

만약 계약한 게 전부라면 발아의 씨앗이 빛날 이유가 없어 보였다. 단지 자신이 따낸 계약을 자랑하기 위한 능력이 존재하진 않을 테니.

무엇보다 파라의 눈이 아직 반짝거리는 게 그 방증이었다.

"또 있죠?"

"뭐가요?"

"이거 말고, 뭔가 하나 더 있는 걸 말하고 싶어 안달이 난 얼굴인데."

"없는데요?"

"눈 오는 날 바깥에 나가고 싶은 강아지 같은 표정을 하고서 그런 말 해봤자 신빙성이 없어요."

그녀는 표정을 숨기려는 듯 입술을 비죽이더니 이내 짧은 한숨을 쉬며 말했다.

"티 많이 나요?"

"예. 나중에 저한테 거짓말하실 일 있으면 문자나 전화로 하시는 게 좋겠어요."

"조언 고맙네요."

흥, 하고 콧방귀를 뀐 그녀는 몸을 숙여 USB 하나를 꺼냈다. 이게 본론일 터. 강찬이 USB를 받아들자 그녀의 머리 위에 있던 발아의 씨앗이 더욱 빛을 발하기 시작했다.

그녀의 USB를 꽂고 폴더를 열자 수많은 파일이 화면을 가득 채웠다.

"……포스터네요?"

"네. 한번 만들어봤어요."

촬영장에서 카메라를 들고 돌아다닌다 싶더니, 언제 찍은 건지 배우들의 사진으로 만든 포스터들이 폴더 한가득 들어 있었다.

연기 중인 주연 두 사람과 조연들까지. 한 명씩 찍은 사진부터 배경까지 담은 사진까지. 이대로 포스터로 사용한다 해도 괜찮을 만큼 훌륭한 수준의 포스터.

"좋은데요?"

배우와 감독의 이름, 그리고 영화의 제목까지 제대로 들어가 있는, 완성된 포스터였다. 천천히 고개를 끄덕이며 포스터를 훑던 강찬은 영상 파일 하나를 발견하곤 물었다.

"이건 뭐죠?"

"메이킹 필름이요."

동영상 파일의 개수는 4개. 궁금증이 생긴 강찬이 영상을 틀어보았고. 이내 배우들과 스태프들, 그리고 강찬이 영화를 만드는 장면이 재생되기 시작했다.

"이것도 괜찮네요. 이대로 홈페이지에 올려도 되겠어요."

강찬의 칭찬에 파라의 얼굴에 미소가 번지기 시작했다.

"전담해도 괜찮겠는데요? 파라, 후반부 광고가 아니라 지금부터 홈페이지에 올라갈 제작물들을 관리해보는 건 어때요?"

강찬은 그녀에게 아무런 일도 시키지 않았다. 파라의 주 종목은 후반 작업, 그중에서도 광고 분야다.

그렇기에 가만히 둔 것이었는데 스스로 할 일을 찾아내 할 줄은 몰랐다.

"그래도 될까요?"

"예."

그녀는 드디어 할 일이 생겼다는 것, 그리고 강찬에게 인정을 받았다는 사실에 신이 나는지 환한 미소를 지었다.

그리곤 마우스와 키보드를 자신의 쪽으로 가져오며 말을 이었다.

"메이킹 필름을 만들면 될까요?"

"하고 싶은 것 다 하시면 됩니다."

"진짜요? 그럼 이런 건 어때요. 전부터 생각했던 건데 메이킹 필름이라는 게 영화를 제작하는 영상을 촬영해 기대감을 더하는 거잖아요? 거기에 주제를 더하는…… 이를테면 '권중희'라는 캐릭터를 연기하는 연정석 배우를 집중 조명하는 코너를 만드는 거죠. TV 프로그램처럼 매주 혹은 격주, 연재를 생각해 봤었거든요."

그녀가 속사포처럼 말을 쏟아내며 눈을 빛냈다. 그리고 그 순간. 그녀의 머리 위에서 빛을 발하던 씨앗 하나가 싹을 틔우기 시작했다.

강찬이 지금껏 보아왔던 그 어떠한 줄기보다 두껍고, 환한 빛을 띠는 줄기는 2㎝가 넘게 올라오더니 그녀의 머리 위에 자리를 잡았다.

[파라 그레인져]

[발아 능력 - 심미안 2단계(구성)]

[특징: 타인에 의하여 발아한 상태입니다. 발아 주체의 근처에서 멀어질수록 능력의 효과가 감소합니다.]

'······맙소사.'

발아 2단계라니.

그것도 발아와 동시에 2단계가 되었다.

심미안이라면 아름다움을 살펴 찾는 안목이다. 그런 능력이 2단계이며 구성이라는 특성까지 붙어 있는 상태.

강찬이 놀란 눈을 하자 파라가 입을 가리며 말했다.

"제가 너무 흥분했나요? 미안해요. 집중하면 하나밖에 안 보이는 나쁜 버릇이 있어서······ 감독님께 칭찬을 들었더니 갑자기 아이디어가 샘솟는 바람에."

"아뇨. 너무 좋은 아이디어라 놀라서 그랬습니다. 계속하세요."

"진짜요?"

강찬의 허락이 떨어지자 파라가 가방에서 노트를 꺼내 들었더니 지금껏 구성해 온 모든 아이디어를 강찬에게 쏟아내기 시작했다.

그녀는 자신의 노트에 영화를 홍보할 수 있는 모든 수단을 적어놓기라도 한 듯 거의 한 시간가량 아이디어를 늘어놓았다.

개중에는 강찬의 입이 벌어질 정도로 파격적인 방법도 있는 반면, 말이 되지 않는 방법 또한 존재했다.

그녀의 노트에 적힌 것들을 보고 있자면 심미안(구성)이 무엇인지 피부로 느껴졌다. 말 그대로 심미안으로 본 세상을 자신의 것으로 새로이 구성한 느낌.

'진짜 천재구나.'

파라는 대학도 나오지 않았으며 이 일에 대해 제대로 교육을 받은 것도 아니다. 하지만 강찬이 알고 있는 어떤 아트 디렉터보다 참신하고 새로운 방법들이 그녀의 노트에 잠들어 있었다.

"대단하네요."

"예?"

"이 노트. 그리고 파라 당신. 대단해요."

그녀가 가진 두 개의 씨앗, 그리고 하나의 새싹 중 이제 막 씨앗 하나가 발아했을 뿐인데 이 정도였다.

만약 나머지 두 개까지 빛을 발하고, 세 개의 능력이 시너지를 일으킨다면 어떻게 될까?

상상만으로 가벼운 소름을 느낀 강찬은 테이블에 올려진 그녀의 손을 쥐었다. 파라가 깜짝 놀라며 강찬을 바라보았을 때.

"파라, 하고 싶은 거 다 하세요. 어떤 방식이든 돈이 얼마가 들든 지원하겠습니다."

"……진심이세요?"

"예."

"전 연하 취향 없는데."

"저도 연상은 싫습니다."

강찬의 단호한 대답에 헛웃음을 흘린 파라가 강찬에게 잡힌 손을 바라보며 말했다.

"그럼 이건 뭔데요?"

"붙잡겠다는 의지의 표현 뭐 그런 겁니다. 그러니까 계약서 새로 쓰죠."

"계약서를 왜요?"

"10년 전속 어떻습니까. 파라가 원하는 조건 다 맞춰주겠습니다."

파라는 알 수 없다는 듯 미간을 찡그렸다가 이내 고개를 저었다.

"싫어요."

"아니, 왜요?"

"계약서는 함부로 쓰는 게 아니라는 걸 얼마 전에 배웠거든요. 그리고 10년이라니. 내가 갑자기 마약 중독자라도 되면 어쩌려고?"

"그건 그때 가서 생각하죠."

"아, 싫어요."

파라는 강찬에게 잡혀 있던 손을 떼어 냈다. 강찬이 아쉬운 듯 그녀를 바라보자 파라가 다시 한번 헛웃음을 흘리며 말했다.

"내 자존감을 올려주려는 연극이었다면 아주 좋았어요. 홀

룡한 사장님이시네요. 그리고 진심이었다면 고마워요."

"진심입니다. 앞으로 제가 만드는 영화의 광고는 전부 파라가 맡게 될 거고."

파격적인 진급도 적당해야 기뻐하고 현실로 받아들이지, 도를 넘어선 파격적인 승진은 허구로 느껴지는 법이었다.

아니면 다른 꿍꿍이가 있다는 생각이 들거나.

파라 또한 마찬가지. 그녀가 고개를 저으며 말했다.

"지금은 일단 거부할게요. 아직은 제가 그런 위치에 오를 정도의 실력을 갖췄다고 생각하지 않아요. 촬영 끝나고 후반부 작업까지 남은 기간이 5개월 정도죠? 그때 가서도 똑같은 생각이시라면 다시 말씀해주세요."

파라의 이성적인 판단에 강찬 또한 흥분을 가라앉히며 고개를 끄덕였다.

"그러죠."

"……원래 이렇게 감정적인 사람이었어요?"

"이번이 특별한 경우였습니다."

콜럼버스가 신대륙을 발견했을 때, 이런 기분이 아니었을까. 그는 단순히 새로운 땅을 발견한 게 아니다.

강찬 또한 마찬가지. 단순히 한 사람의 인재를 발견한 게 아니다.

그녀와 강찬이 함께 일을 할 때 생겨날 시너지가 기대되는 것이며 세 개의 씨앗을 가진 이가 있으니 그 이상의 씨앗을 가진 이도 어딘가에 있을지도 모른다는 기대가 들었다.

그리고 그런 이들을 모아 '강찬 사단'을 만든다면.

그들과 함께 영화를 찍어나간다면. 100억이라는 비현실적인 수치를 현실로 만들 수 있는 날이 머지않을 것이라는 생각이 들었기 때문이었다.

"뭐 그렇다고 생각하죠."

"그럼 일단 홈페이지 관리부터 맡아주시겠습니까?"

"예."

그 후, 강찬은 자신이 생각하던 홈페이지를 이용한 마케팅에 관해 이야기했고 파라는 그의 이야기를 들으며 서로의 의견을 조율해 나갔다.

휴고 위빙이 강찬의 촬영장을 찾는다.

이것 하나만으로 10개가 넘는 기사를 써 내린 아서에게 강찬은 존경을 표했다.

그 덕에 휴고 위빙이 세트장에 도착하기도 전부터 기자들이 강찬의 세트장을 찾아 자리를 잡기 시작했다.

"대단한 사람이야."

"그러니까요."

"이렇게 비슷한 내용을 자극적으로 다 다르게 쓰는 것도 능력이란 말이지."

아서는 휴고 위빙이 강찬의 영화에 관심을 보이며 어쩌면 출연을 할 수도, 안 할 수도 있다는 뉘앙스의 기사를 썼다.

그러면서 강찬이 선댄스 키드라는 별명을 가지고 있다는 것과 그의 천재성에 대해 부각하는 것도 놓치지 않았다.

자연스레 '휴고 위빙이 관심을 두는 20살 감독, 강찬은 누구인가?' 하는 사람들이 생겨났고 아서는 그들을 위해 친절히 기사를 써주었다.

"언론 플레이 진짜 잘한다. 뭐 돈이라도 줬어?"

"준다니까 싫다고 하더라고요. 팬으로서 쓰는 기사는 아무리 많이 써도 상관없지만, 돈을 받는 순간 청탁이 된다면서."

옳은 말이기에 안민영이 고개를 끄덕이는 사이, 강찬이 담담한 투로 말했다.

"그리고 유니버설에서 연락 왔어요."

"응. 응? 유니버설? 유니버설 픽쳐스? 할리우드 메이져 제작사? 내가 아는 그?"

강찬이 고개를 끄덕이자 안민영이 벌떡 일어섰다.

"진짜? 뭐라고? 영화 같이하재?"

"그건 아직 모르겠고 내일 얼굴이나 한번 보자네요."

안민영은 와, 하고 손뼉을 치더니 이내 강찬의 얼굴을 보며 말했다.

"근데 왜 그렇게 담담해?"

"유니버셜이니까요."

"유니버셜이니까 더 좋아해야 하는 거 아니야? 무려 유니버셜이잖아."

그녀의 말에 강찬이 고개를 저었다.

"크면 클수록 손이 많잖아요."

"그래서?"

"그것들한테서 제 시나리오 지켜내면서 영화 촬영하려면 골치 아프거든요. 그렇다고 제가 메가 히트를 친 감독이라 발언권이 있는 것도 아니고."

경험에 우러나온 한숨에 안민영의 눈이 커졌다. 그런 경험이라도 있다는 건가, 하는 생각을 하던 안민영은 이내 고개를 저어 잡념을 털어낸 뒤 물었다.

"그래서 안 하려고?"

"그건 아니죠."

그냥 놓기에는 너무 아까운 기회다.

독이 든 성배라지만 어쨌거나 성배임은 틀림없으니까.

"어떻게 하면 무탈하게 날로 먹을 수 있을지 고민 중이에요."

"하."

한국 나이로 스물하나, 이제 막 입봉한 감독이 유니버설 픽쳐스의 제안을 받고도 기뻐하긴커녕 어떻게 하면 주도권을 잡을 수 있을지 걱정부터 하고 있었다.

　심지어 아직 계약서를 보지도 못한 상황에 벌써 계약이 확정이라도 되었다는 듯이.

　"강 감독 참 대단한 사람이야."

　"저도 그렇게 생각해요."

　"……내가 말을 말아야지."

　안민영은 PD다.

　더 많은 일을 하고 있긴 하지만 어쨌거나 직책은 PD. 강찬이 어느 회사와 계약해 영화를 제작한다 하더라도 안민영이 간섭할 필요는 없었다.

　지금까지 그래왔고 앞으로도 그럴 것. 안민영은 강찬을 도우며 조언을 하는 포지션이지, 간섭하는 포지션이 아니기 때문이다.

　짧은 심호흡으로 생각을 털어낸 안민영이 자리에 앉으며 말했다.

　"유니버설하고 일하게 되면 좋긴 하겠다."

　"하긴 할 거예요. 어떻게 하느냐가 문제지."

　"뭐 우리 강 감독이 알아서 하겠지."

　천천히 고개를 끄덕이며 생각을 정리하던 그녀는 무언가 떠올랐는지 아, 하는 소리와 함께 강찬에게 말했다.

"파라한테 AD 파트 전임할 생각이야?"

"지금은 전임까진 아니고 인터넷 파트만요."

"나야 편하지만."

AD 파트, 즉 광고에 관한 건 백중혁과 안민영이 맡고 있었다. 물론 백중혁은 결재만 하고 안민영이 전임을 하고 있는 상황이긴 하지만.

"그래도 되겠어?"

"메인 PD는 안 PD님이시잖아요? 보고 계시다 아니다 싶으시면 잘라도 돼요. 다른 일 시키죠, 뭐."

다른 일이라는 단어를 들은 안민영의 눈이 가늘어졌다.

마치 대기업 회장이 아들의 능력을 알아보기 위해 계열사에 낙하산으로 취직시키는 듯한 말투.

"윤 PD한테 듣긴 했는데, 그 정도로 능력이 있어?"

"예. 머리에서 빛이 나더라고요."

"빛?"

"여름이랑 연정석 배우님, 그리고 정기태 팀장님이 하나의 빛이라면, 파라한테는 세 개의 빛이 보였어요."

진지한 말투와 비현실적인 말이 섞이자 안민영의 눈에 물음표가 떠올랐다.

"여름이가 하난데 파라가 세 개라고?"

"예."

안민영이 보기에 이여름은 천재 그 자체였다. 한데 12살의 나이에 그 정도 재능을 빛내고 있는 아이가 하나라니.

"그럼 세 개는 도대체 얼마나 천재라는 거야?"

"그러니 여기저기 돌려봐야죠. 어디까지 할 수 있을지."

확신에 찬 강찬의 대답에 안민영은 호, 하는 감탄사를 흘렸다.

'저 정도로 기대를 받는 사람이라니.'

파라에 대한 기대감이 자라나는 것을 느끼던 안민영은 흠, 하더니 강찬을 보며 물었다.

"나는? 내 머리 위에도 있어?"

"하나 보일 때도 됐는데 안 보이네요."

단호한 대답에 안민영이 눈을 흘기고 있을 때. 강찬의 핸드폰이 울렸다. 곧 핸드폰을 확인한 강찬이 자리에서 일어서며 말했다.

"휴고, 도착했다네요."

정장과 선글라스를 쓴 휴고의 얼굴을 본 순간, 영화 '매트릭스'의 스미스 요원이 떠오르는 건 강찬만이 아니었을 것이다.

그가 차에서 내리는 순간, 기다리고 있던 기자들이 바쁘게 셔터를 눌러댔다. 휴고는 익숙한 광경인지 기자들을 슥 바라본 후 미소를 지어준 뒤 서 있는 강찬을 향해 걸어오며 말했다.

"환영 인사가 과하군요."

"잘 오셨습니다."

악수를 마친 휴고는 카메라를 의식하는 듯 강찬의 어깨에 손을 얹으며 기자들이 있는 쪽으로 돌아섰다.

"기사 잘 봤습니다."

아서가 쓴 기사를 휴고도 본 모양. 강찬이 대답을 하려 할 때 휴고가 씩 미소를 지으며 말을 이었다.

"좋은 스킬이던데요."

"예?"

"기사요. 아주 실력 좋은 기자를 구했더군요."

그제야 그의 말을 이해한 강찬이 아, 하는 탄성을 흘렸다. 휴고는 강찬이 직접 기자를 고용해 기사를 쓰게 했다고 생각하는 모양이었다.

휴고의 반응을 보니 기분 나쁜 기색은 아니었다. 외려 강찬의 스킬에 흥미를 느낀 모양.

"촬영장 구경부터 하고 싶지만, 사람들이 이렇게 몰렸으니 어쩔 수 없군요. 잠시 시간을 낼까요?"

"그럼 감사하죠."

강찬의 등 쪽에 손을 얹은 휴고는 강찬과 함께 기자들에게 걸어갔다.

"궁금한 게 많으신 모양이네요. 지금부터 10분만 인터뷰를 하도록 하겠습니다."

그의 말에 기자들이 웅성거렸다. 강찬과 휴고 위빙 두 사람이 만나는 사진 몇 장을 찍고 돌아갈 생각이었던 그들에게 기회가 찾아온 것이었다.

그사이 기자 하나가 빠르게 손을 들었고 휴고는 그를 가리키며 말했다.

"손드신 분."

"아, 예. 무비 저널의 로렌스입니다. 미스터 강의 영화에 반해 그의 영화에 출연을 생각하고 있다는 게 사실이십니까?"

"반은 맞고 반은 틀립니다. 그의 영화에 반한 건 맞지만, 출연이 확정된 상태는 아닙니다."

휴고의 대답에 강찬의 입꼬리가 꿈틀거렸다.

'아주 좋은 그림인데.'

이 인터뷰로 인해 수많은 할리우드 사람들의 뇌리에 강찬의 이름이 새겨지게 될 것이었다. 한국에서 '악당'으로 받았던 인기와는 비교도 할 수 없을 정도의 이슈가 생겨날 터.

물론 한순간의 가십으로 사라지긴 할 것이었다.

하지만 발판이 마련되었다는 게 중요하다.

'유니버설만 잡으면…….'

휴고 위빙과 유니버설. 두 개의 이름은 강찬이 할리우드에 있는 견고한 성벽을 넘게 해줄 날개가 되어줄 것이었다.

인터뷰를 마친 강찬은 휴고 위빙과 함께 촬영장으로 들어섰다.

휴고 위빙이 촬영장에 오기로 한 날 밤, 강찬은 그가 촬영장을 찾는 이유에 대해 생각해 보았다.

첫째는 단순히 팬이라서.

휴고 또한 배우이기 전에 영화를 좋아하는 한 사람이다. 좋아하는 감독의 신작 촬영장을 방문하는 것이 흥분되는 일인 것은 당연하다.

두 번째는…….

'내 바람이긴 하다만.'

영화를 촬영하는 강찬의 모습을 직접 눈으로 보고 그의 실력을 판단하기 위해서다. 물론 영화를 촬영하는 것만으로 감독의 모든 것을 파악할 순 없지만 적어도 눈대중은 가능하기 때문.

'어쨌거나 최선의 모습을 보여줘야 한다.'

당장은 아니더라도 지금 호감을 사두는 것은 미래를 위한 발판이 되어줄 게 분명했으니까.

"이쪽입니다."

보통 사람이 촬영장에 놀러 왔다면 세트를 구경시켜 주겠지만, 배우 경력만 20년이 넘는 그에게 촬영장 구경에 흥미가 있을 리 없었다.

그렇기에 강찬은 곧바로 촬영 준비를 시작했고 휴고는 필드 모니터가 놓인 테이블에 강찬과 함께 자리했다.

"촬영장 분위기 좋네요."

그의 시선을 따라가 보자 촬영 준비를 하는 스태프들의 모습이 보였다. 그들은 무거운 장비들을 옮기고 있음에도 미소를 지은 채 무어라 대화를 하고 있었는데 그 모습이 휴고의 마음에 든 모양.

"보통 촬영장 분위기는 감독의 역량에 따라 달라지던데, 좋은 감독이신 모양입니다."

"촬영장 분위기가 영화의 분위기를 좌우한다 생각하거든요."

그의 말에 휴고가 천천히 고개를 끄덕였다.

"저도 그렇게 생각해요. 촬영장에서 무언가 하나가 어그러지면 꼭 영상에서도 무언가가 어그러지기 시작하더군요."

잠시 대화를 나누는 사이, 스태프들에게서 스탠바이 사인이 올라오기 시작했다.

"세트도 좋고, 배우도 좋고, 스태프들 분위기도 좋고…… 거기에 재능 있는 감독이 메가폰을 잡았으니 영화가 잘 나올 수밖에 없겠는데요."

"그러길 바랍니다."

휴고가 고개를 끄덕이는 사이, 올 스탠바이 사인이 떴고 배우들의 준비까지 끝났다. 방금까지 사람 좋은 미소를 지은 채 촬영장을 둘러보던 휴고는 어느새 진지한 얼굴이 되어 필드 모니터를 바라보고 있었다.

"그럼 슛 들어가겠습니다."

강찬의 슛 사인과 함께 촬영이 시작되었다.

"컷! 오케이!"

만족스러운 목소리의 사인과 함께 카메라가 꺼졌다.

배우들은 몰입했던 캐릭터에서 벗어나며 본래의 얼굴로 돌아왔고 스태프들은 각자의 장비를 점검하기 시작했을 때, 휴고가 강찬을 바라보며 말했다.

"좋네요. 이 일 하고 싶을 정도로 좋아요. 캐릭터를 끌어내는 방법을 따로 공부한 건가요? 말 몇 마디로 배우들의 연기를 끌어내는 거, 어려운 일이거든요. 근데 그걸 두 번째 작품을 찍고 있는 감독에게 보게 될 줄은 몰랐어요."

"감사합니다."

"칭찬이 아니라 사실을 말한 거니 감사하지 않아도 돼요."

휴고는 아주 만족스러운 식사를 한 사람처럼 만면에 미소를 머금고 있었다. 이 정도면 성공이라 보아도 될 터.

"'TWO BASTARDS'가 완성되어 극장에 걸릴 때까지 매일 생각날 것 같아요. 내가 보기 전의 장면은 뭐였는지, 이후에는 어떤 스토리가 진행될지."

입에 발린 칭찬이 아닌, 진심에서 우러나오는 것을 증명하듯 휴고의 시선이 필드 모니터에 고정되어 있었다.

"그럼 매일 오시면 되죠."

"하하하, 저 진짜로 매일 올지도 모릅니다."

"언제든 환영입니다."

휴고는 고맙다는 인사와 함께 고개를 끄덕이더니 아쉽다는 표정으로 말했다.

"오늘 촬영은 여기까지인가요?"

"아뇨. 식사 후에 오후 촬영이 더 있습니다. 시간 괜찮으시면 식사라도 하고 가시죠."

"식사도 하고, 오후 촬영까지 보고 싶군요."

"계시고 싶을 때까지 계셔도 됩니다. 그럼 식사하러 가실까요?"

그의 말에 휴고가 사람 좋은 미소를 지으며 자리에서 일어섰다.

한국에서 데려온 스태프들을 위해 가끔 한식을 준비하는 날이 있는데 그게 오늘이었다.

메뉴는 김치찌개. 붉은 국물을 본 휴고가 흐음, 하고 냄새를 맡더니 호기심 섞인 표정으로 물어왔다.

"한국식인가요?"

"예. 입맛에 안 맞으시면 다른 메뉴도 있긴 합니다."

한식을 준비하는 날에는 항상 서양인들을 위한 식사도 따로 준비하곤 했다. 하지만 휴고는 고개를 저으며 식판을 잡았다.

"한 번 도전해 보죠."

밥차 아주머니가 퍼주는 김치찌개와 계란 프라이, 불고기와 김치. 그리고 밥을 받은 그는 익숙하게 젓가락을 쥐었다.

"한국에 가본 적 있으세요?"

"아직은 없지만, 기회가 되면 가볼 생각은 있습니다."

"그런데 젓가락질을 할 줄 아시네요?"

"아, 스시를 좋아하거든요."

휴고가 미소를 지으며 젓가락으로 불고기를 집어 먹더니 생각보다 괜찮다는 표정으로 강찬에게 물었다.

"음, 이 음식 이름이 뭐죠?"

"불고기라는 음식입니다."

한식을 먹는 외국인은 흔한 그림이지만 휴고 위빙이 한식을 먹자 색다른 느낌이었다. 그가 식사하는 모습을 구경하던 강찬은 이내 실례라는 것을 깨닫고 식사를 시작했다.

"맛있네요."

휴고는 서양인에게는 조금 매울 수도 있는 김치찌개를, 땀까지 흘리며 맛있게 먹었다. 그런 휴고의 모습 덕일까.

평소 한식을 즐기지 않던 외국의 스태프들까지 한식 밥차로 모여 식사를 받기 시작했고 결국 준비한 40인분이 다 나가는 해프닝이 있었다.

식사 후, 오후 촬영이 시작되었고 휴고는 오전보다 적극적으로 촬영장을 구경했다. 영락없는 동네 아저씨의 모습이었지만 세미 슈트와 선글라스를 쓴 휴고 위빙이 그러고 있자 묘하게 전문가의 포스가 느껴졌다.

휴고는 스태프와 배우들에게 먼저 다가가 궁금한 것을 묻기도 했다.

그 덕에 오전 촬영 때는 말도 붙이지 못했던 스태프와 배우들이 그에게 다가가 사인을 받거나 함께 사진을 찍으며 시간을 보냈다.

그렇게 오후 촬영이 끝났을 때, 휴고가 강찬에게 손을 내밀며 말했다.

"덕분에 정말 즐거웠습니다."

"저도 휴고 덕에 즐거웠습니다."

악수를 마친 강찬은 휴고의 차로 함께 걸어가며 말했다.

"언제든 찾아오세요. 기다리고 있겠습니다."

"그럼 연락드리겠습니다."

그렇게 휴고가 떠난 뒤, 강찬의 뒤로 안민영이 다가오며 말했다.

"멋있다."

"다음 작품 주인공으로 휴고 위빙 어때요?"

"……뭐?"

"전 아주 좋은 것 같은데."

"세상에 진심이야?"

"예."

"좋지. 완전 좋지."

"그렇죠?"

웃음기 섞인 그의 목소리에 안민영이 강찬의 얼굴을 바라보았다.

"또 뭔가 꾸미는 얼굴인데."

다른 감독이 '다음 작품의 주인공은 휴고 위빙입니다.' 하고 말했다면 농담이라 생각하고 넘어갔을 것이다. 누구나 꿈은 꾸는 법이니까. 하지만 강찬이 이런 말을 하자 농담처럼 느껴지지 않았다.

강찬은 대답 대신 미소를 지었고 그 모습에 안민영은 '설마……' 하는 생각이 들었다.

다음 날.

강찬은 유니버설 픽처스와의 약속 장소인 카페로 향했다.

커피를 마시며 생각을 정리하고 있을 때, 문이 열리며 한 사람이 들어왔다.

검은 정장에 하얀 셔츠를 차려입은 사내였다. 넥타이를 하지 않고 목 단추 두 개를 풀어놓은 모습이 자유로움과 반항 그 사이 어딘가의 분위기를 연출하고 있었다.

그는 강찬의 얼굴을 알고 있다는 듯, 거침없이 강찬이 앉아 있는 테이블로 걸어왔다.

"반갑습니다. 헤르무트 슈바르첸벡입니다."

"예. 강찬입니다."

강찬이 악수를 하며 '헤르무트 슈바르……' 하고 그의 이름을 되뇌어보고 있을 때, 헤르무트가 말을 이었다.

"한번 만나보고 싶어서 연락 드렸습니다."

갈색 머리에 갈색 눈, 그리고 술톤이 생각날 정도로 붉은 얼굴을 가진 독일인이 자리에 앉자 강찬 또한 마주 앉았다. 그러자 그가 명함을 꺼내 건넸다.

"마이클 그 입 싼 친구가 벌써 다 말했다고 하더군요. 그에게 어디까지 들으셨습니까?"

독일인 특유의 영어 악센트라 해야 할까, 묘하게 강한 악센트에 화를 내는 것처럼 들리는 목소리였다.

'그건 그렇고 입 싼 친구라.'

강찬의 생각보다 마이클 홀랜드라는 인물이 가지는 영향력이 큰 듯했다.

"유니버셜 픽처스가 제게 관심이 있다는 정도밖에 못 들었습니다. 마이클과 친하신가 봅니다."

"서로 싫어하는 관계입니다."

강찬은 자신의 명함을 그에게 건넸다. 마이클과의 관계를 일축한 헤르무트는 강찬이 건넨 명함을 눈으로 훑은 뒤 테이블에 내려놓았다.

"바로 본론으로 들어가죠. 우리 유니버셜에서는 새로운 피를 원합니다. 그리고 그 조건에 부합하는 대상이 바로 당신, 강찬 감독이죠."

강찬이 담담히 고개를 끄덕이자 헤르무트의 눈썹이 삐죽였다. 지금껏 수많은 감독과 이야기를 해보았지만 유니버설과 일하자는 말을 듣고 이 정도로 무덤덤한 이는 처음이었다.

"별로 안 좋아하시는 것처럼 보이는군요."

"아뇨. 좋습니다."

헤르무트는 '진짜?' 하는 눈으로 강찬을 바라보았고 강찬은 대답하듯 고개를 끄덕였다.

어지간한 감독이었다면 헤르무트의 말에 당장 계약하자 손을 내밀었을 것이다. 하지만 강찬은 이후의 일을 알고 있는 사람.

유니버설 픽쳐스가 왜 실패했고 어떻게 실패했는지를 알고 있었다.

유니버설 픽쳐스의 대표작으로 꼽을 수 있는 작품은 죠스와 E.T. 거기에 쥬라기 공원이 있다.

이 영화들의 공통점은 한 가지. 감독이 스티븐 스필버그라는 것이다.

유니버설 픽쳐스였기에 성공한 게 절대 아니라는 뜻. 스티븐 스필버그는 어느 제작사를 가더라도 성공했을 것이다.

하지만 성공이 눈을 가린 탓일까, 유니버설은 연이은 홍행으로 자만에 빠졌고 결국 제작을 넘어서 시나리오. 즉 감독의 영역까지 침범하고 만다.

그렇게 메이저 제작사의 몰락이 시작된 것이다.

그 이후, 유니버셜 픽쳐스는 잘못된 것을 깨닫고 헤르무트의 말대로 '새로운 피'의 수혈을 원하게 된다.

그게 딱 지금의 시점.

이 시기의 유니버셜 픽쳐스는 수많은 감독과 배우들을 영입해 새로운 시도를 하게 된다. 그렇게 탄생한 영화들이 ALPHA DOG, SMOKIN' ACES, BECAUSE I SAID SO, BREACH, EVAN ALMIGHTY. 이 외에도 수많은 영화가 개봉했지만, 그중 빛을 본 것은 몇 작품도 되지 않는다.

"만약 제가 유니버셜과 계약을 한다면 어떤 영화를 맡게 됩니까?"

"그건 아직 정해지지 않았습니다."

영화 제작에도 순서라는 게 있다.

시나리오가 픽업되고 영화의 제작이 결정되면 PD들이 붙어서 예상 제작비와 흥행 성적 등을 분석한다.

그리곤 캐릭터에 어울리는 배우들 리스트를 뽑아 캐스팅 준비를 하며 그 과정에 영화감독 또한 결정된다.

즉, 영화가 정해지지 않은 상황에 영화감독을 구하는 경우는 드문 경우를 넘어 거의 없다. 말이 좋아 유니버셜과 일을 하는 것이지 간단히 이야기하면 스탠바이를 시켜두는 것.

강찬은 유니버설의 장단에 맞춰 놀아줄 생각이 없었다. 만약 계약한다 하더라도 주도권을 잡고 그들이 자신의 영화에 간섭하지 못하게 못을 박아 두는 게 우선이었다.

아직은 때가 아니었기에 강찬은 대답 대신 침묵으로 일관했다. 그러자 헤르무트는 가방에서 서류를 꺼내며 말을 이었다.

"후보에 오른 영화 목록은 몇 가지 있습니다."

들어본 적도 없는 영화의 시나리오들. 그의 말을 듣던 강찬은 슬슬 승부수를 던질 타이밍이라는 것을 느꼈다.

"다크 유니버스는요?"

"시나리오가 아주…… 예?"

"다크 유니버스."

헤르무트는 미간을 찌푸렸다가 이내 강찬의 눈을 피해 테이블을 보았다. 그리곤 다시 그와 눈을 맞추며 물었다.

"그 이름을 어떻게 압니까?"

미래에서 왔으니까.

반쯤은 도박이었다. 유니버설이 다크 유니버스를 기획하고 있는 것은 알고 있지만 그게 몇 년도부터인지는 모른다.

그렇기에 승부수를 띄워본 것이었는데 그가 미끼를 물었다. 강찬이 대답 대신 미소를 짓자 헤르무트가 말했다.

"마이클? 아니, 그는 아닙니다. 그도 모르는 내용이니까. 아니…… 알 수도 있겠군요. 추측은 가능합니다."

그는 자신을 설득하듯 혼잣말을 내뱉으며 머리를 이리저리 움직였다. 굳이 먼저 말을 꺼낼 필요가 없는 강찬은 그가 생각을 정리하길 기다렸고.

"말해준 사람이 있습니까?"

"아뇨."

"그럼 혼자 추측했다?"

"비슷합니다."

"……놀랍군요. 어떻게?"

"설명하자면 깁니다만 당신의 말대로 추측이었습니다. 그런데 방금 당신이 저의 추측을 사실로 만들어주었군요."

헤르무트가 하, 하는 말과 동시에 얼굴을 감쌌다.

다크 유니버스 자체가 극비라거나 밖으로 퍼져선 안 되는 내용은 아니다. 지금은 구상 단계인 하나의 계획일 뿐이니까.

하지만 스무 살짜리, 그것도 이제 막 데뷔한 감독의 입에서 나와서는 안 되는 내용이다.

"어떻게……."

몇 번이나 어떻게, 라는 말을 반복하던 그는 이내 이해를 한 것인지 혹 포기를 한 것인지 고개를 끄덕였다.

"어떻게 추측하셨습니까?"

"마블과 DC. 디즈니와 워너브라더스. 수많은 제작사가 히어로물 제작에 뛰어들고 있습니다. 그리고 히어로물의 시대가 열리고 있으니 유니버설도 뛰어들겠죠. 하지만 그럴싸한 히어로들은 전부 판권이 팔렸으니 남은 건 그들뿐이라 생각했습니다."

다크 유니버스.
마블의 아이언맨과 캡틴 아메리카 같은 히어로들이 모여 만든 것이 어벤져스라면 다크 유니버스는 괴물들이 모여 만드는 어벤져스다.
지킬 앤 하이드나 미이라, 프랑켄슈타인. 투명인간 그리고 반 헬싱과 드라큘라 같은 괴물들이 있다.

"다크 유니버스라는 이름을 맞춘 것도 추측입니까?"
"그렇다고 해두죠."
당황하던 모습은 어디로 갔는지 헤르무트가 미소를 지었다. 그리곤 짧게 손뼉을 친 뒤 말했다.
"똑똑한 사람이군요."
"감사합니다."
"그럼 절 만날 때, 다크 유니버스의 메가폰을 잡겠다는 생각하고 온 겁니까?"
"그렇게 된다면 베스트 시나리오겠죠."
자신보다 스무 살은 넘게 어린 감독이다. 한데 어느새 대화는 그가 원하는 대화 방향으로 흘러가고 있었다.

'도대체……'

헤르무트는 말라오는 입술을 커피 한 모금으로 축인 후 물었다.

"생각해둔 시나리오가 있습니까?"

"영화에 대한 시나리오요?"

"……다른 시나리오도 있는 모양이군요. 그것도 궁금하긴 합니다만 일단은 영화에 대해서 듣고 싶습니다."

"지킬 앤 하이드를 구상 중입니다. 배우는 휴고 위빙."

강찬의 말을 들은 순간 헤르무트의 머릿속에 휴고 위빙이 연기하는 지킬 박사가 그려졌다. 매드 사이언티스트라는 캐릭터를 입은 휴고 위빙.

'그림이 괜찮다.'

헤르무트의 눈에 기대가 서리자 강찬이 말을 이었다.

"아직 머릿속으로만 구상 중이라 문서화 된 건 없습니다. 하지만 원하신다면 일주일 안으로 받아보실 수 있으실 겁니다."

"……일주일이라."

자신도 모르게 일단 시나리오부터 보자, 말할 뻔한 헤르무트는 고개를 저었다. 여기서부터는 자신의 권한을 넘어서기 때문이었다.

"감정적으로 당신의 뒤에 누가 있다는 생각이 듭니다만. 이

성적으로 생각하면 누가 있다는 게 말이 되지 않습니다."

숙제를 검사받는 것 같은 말투에 강찬이 고개를 끄덕였고
그가 말을 이었다.

"그럼 두 가지겠군요. 당신이 미래에서 돌아왔거나, 천재거
나. 어느 쪽이든 붙잡아야 하는 건 달라지지 않습니다만."

"그런데요?"

헤르무트는 입술을 비죽이더니 핸드폰을 꺼내 테이블에 올
렸다. 그리곤 핸드폰을 바라보며 답했다.

"비밀도 아니니 그냥 말씀드리겠습니다. 다크 유니버스에
대한 계획은 있습니다만 말 그대로 계획일 뿐입니다."

"예."

"제가 컨트롤 할 수 있는 사안이 아니죠. 그러니 회사로 돌
아가 이야기를 좀 해봐야겠습니다."

"그러시죠."

말을 마친 그는 테이블 위에 놓인 서류를 가방에 담았다. 그
리곤 핸드폰을 한 손에 쥔 채 나머지 한 손을 강찬에게 내밀
며 말을 이었다.

"곧 다시 연락드리겠습니다."

"좋은 소식 기다리겠습니다."

악수를 마친 헤르무트는 밖으로 나서며 어디론가 전화를 걸
었고 강찬은 그의 뒷모습을 보며 미소를 지으며 핸드폰을 꺼

내 안민영에게 메시지를 작성하기 시작했다.

-오늘은 회식입니다.

◀ **3장** ▶
주목

헤르무트와 만난 뒤 일주일이 지났다.

강찬은 손가락 두 마디 두께의 A4 용지를 보며 혀를 내둘렀다. 두께만으로 사람을 질리게 하는 분량.

"이게 뭐예요?"

"홈페이지 방문자 분석 그래프."

"이런 것도 하세요?"

"아니, 파라 작품."

안민영은 종이 뭉치의 맨 위 두 장만 꺼내 강찬에게 건네며 말을 이었다.

"이게 요약본. 간단히 말하자면 미국 내에서의 방문자 수가 급증하고 있다. 올타임 미디어에 호의적인 기사를 스크랩하는 게시판을 따로 만들었다. 뭐, 이 정도야."

"대단하네요."

일을 시작한 지 이제 일주일이 되었을 뿐인데 파라는 완벽히 적응한 모양이었다. 다 살펴볼 엄두가 나지 않아 대강 살펴보니 파라가 관리한 이후 일일 방문자의 수가 100배 이상 늘었다는 내용이 있었다.

"100배라니."

"10명대에서 1,000명대가 된 거긴 해도. 장족의 발전이긴 하지."

강찬이 고개를 끄덕이는 사이, 안민영이 자기 손으로 깍지를 끼며 물어왔다.

"유니버셜은 연락 없어?"

"아직요."

유니버셜 픽쳐스의 헤르무트와 이야기한 후, 강찬은 자신의 측근들에게 그와 했던 대화 내용을 모두 알려주었다.

백중혁은 직접 미국으로 날아와 유니버셜과 계약을 성사시키겠다며 소란을 피웠지만, 강찬에게 저지당했다.

"내가 다 떨리네. 이러다 다른 사람한테 메가폰 넘어가면 어떻게 하지."

"그럴 일 없어요."

"어떻게 확신해?"

"감?"

거의 10년 뒤에나 시작할 프로젝트를 앞당기는 일이다. 앞당기기 위해 수많은 대화가 필요할 것이고 성공의 가능성을 보아야만 첫 삽을 뜰 수 있을 터.

일주일이 아니라 한 달이 걸리더라도 이해할 수 있었다.

"그래…… 속 편해서 좋겠다."

강찬이 어깨를 으쓱이자 안민영은 긴 한숨을 내쉬며 테이블에 머리를 묻었다.

"세트 단지는 어때요?"

"응?"

"대여 시작했을 텐데, 상황이 궁금해서요."

"아, 말한다는 걸 깜빡했네."

그녀는 수첩을 꺼내 몇 장을 넘기다 메모를 발견해 읽기 시작했다.

"총 11개 제작사에서 대여 입찰 참여했고 그중 장 미디어, 쇼 크루, 매드필름 이렇게 세 개 제작사에서 입찰 성공했고 2008년까지 1년 동안 스케줄은 풀. 성공적이야."

"만족스럽네요."

"응. 그리고 강 감독이 만든 회사 있잖아. ATM."

"예."

"이번 영화 끝나기 전에 제대로 틀을 잡아야 하지 않아?"

"그래야죠."

"그래서 말인데, 내가 아는 사람 중에······."

강찬과 안민영은 영화 제작 외의 일들에 대해 두어 시간가량 이야기를 나누었다.

휴고 위빙은 자신이 한 말을 지킬 줄 아는 사내였다. 일주일에 두어 번씩 촬영장을 찾던 그는 매번 자신이 찾아오는 게 부담으로 느껴질까 걱정했는지 강찬을 자신의 집으로 초대하기도 했다.

그들과 휴일을 즐긴 강찬은 'TWO BASTARDS' 영화 촬영과 동시에 '지킬 앤 하이드' 시나리오의 집필을 시작했다.

유니버설에서 연락이 올지, 그를 감독으로 낙점할지 확실하지는 않은 상황이었다. 하지만 강찬의 머릿속에서는 배우 휴고 위빙과 지킬 앤 하이드라는 작품이 떠나질 않았고 결국 시나리오를 쓰기 시작한 것이다.

'여름이도 등장시켜야겠지.'

강찬은 영화의 끝에 등장하는 '쿠키 영상'을 아주 좋아한다. 다음 영화에 대한 기대와 자신이 좋아하는 캐릭터가 언제쯤 나올지 예상할 수 있으며 깜짝 선물 같은 느낌이 있기 때문.

'지킬 앤 하이드'에서 여름이가 등장하긴 힘들 테지만 쿠키에서는 등장시킬 수 있을 것이었다.

'어느 역으로 등장시킬까.'

다크 유니버스의 캐릭터 중 어린아이는 없다. 하지만 문제가 될 것 또한 없다. 캐릭터를 만드는 것은 감독의 역량이니까.

프랑켄슈타인, 뱀파이어, 투명인간, 늑대인간, 반 헬싱, 미이라 등. 캐릭터를 생각해보던 강찬의 입가에 미소가 번졌다.

자신만의 세계에서 캐릭터를 창조해 내는 것. 그리고 그것들을 이어 큰 세계를 만들어나가는 것은 너무나 즐거운 일이었기 때문.

그렇게 시간이 지나 8월 초가 되었을 때. 헤르무트에게서 연락이 왔다.

-만나고 싶습니다.

유니버설 픽쳐스의 본사.

로스앤젤레스에 오면 반드시 들러야 할 명소 1순위인 유니버설 스튜디오 할리우드는 할리우드 북쪽에 있으며 170만 제곱킬로미터의 면적을 자랑한다.

세계 최대의 영화 및 TV 촬영 스튜디오이자 테마파크이며 세계에서 두 번째로 오래된 영화 스튜디오이다.

"와."

강찬과 함께 택시 뒷좌석에 앉아 있던 안민영이 감탄사를 흘렸다. 강찬 또한 마찬가지. 유니버셜 픽쳐스의 대표 캐릭터들인 킹콩과 죠스가 보였으며 워터월드와 터미네이터 등 어트랙션에는 수많은 관람객이 모여 있었다.

"이런 건 얼마나 있어야 만들 수 있을까요?"

"뭐?"

"조 단위 돈은 있어야 만들 수 있겠죠?"

관람객이 되어 구경만 하고 있던 안민영의 눈이 크게 뜨였다. 단순히 놀라고만 있는 자신과 달리 꿈을 키우고 있다니.

안민영은 벌어져 있던 입을 다문 뒤 흠, 하는 헛기침과 함께 답했다.

"돈뿐만 아니라 그만큼의 명성도 있어야겠지? 일단 사람들이 찾아야 운영이 될 테니까."

몇 편 정도의 영화를 흥행시켜야 이런 건설물을 지을 수 있을까.

강찬이 영화를 만들어 버는 돈은 관람객 한 명당 3천 원이 맥시멈이다. 그 이상 벌기 위해서는 영화관과 배급사, 그리고 제작사와 스태프들까지 모두 강찬의 회사에 소속되어 있어야만 한다.

'1조면…….'

3억 명 정도의 관객을 유치하면 벌 수 있는 돈이다.

간단한 산술이 이 정도이니 10억 명 정도의 관객은 들여야 조 단위의 재산을 축적할 수 있을 터.

'의외로 쉽겠는데.'

강찬은 백억 관객을 들여야 한다. 한데 10억이라니. 너무 어마어마한 수치를 목표로 잡고 있어서 그런지 10억이라는 수가 가깝게 느껴졌다.

10억 관객을 들인다 해도 강찬은 1조 원을 벌 수 없다. 중간 마진을 떼어가는 이들이 너무나 많기 때문.

차라리 한국에 있는 모든 극장의 소유하고 독점 체제로 가는 게 돈을 벌기는 더 쉬울 터. 그런 뒤 회사를 차려 배우와 스태프, 그리고 영화의 제작과 배급까지 다 맡아버리면 된다.

'무슨 말도 안 되는 상상을 하는 건지.'

그 정도 규모가 되려면 세계 제일의 감독을 넘어서 세계 제일의 영화사를 차려야 한다. 강찬이 말도 안 되는 미래를 꿈꾸며 천천히 계획을 세워보는 사이.

"유니버셜 스튜디오에 오신 것을 환영합니다."

헤르무트가 마중을 나왔다.

악수를 마치고 안민영과 헤르무트의 통성명이 끝나자 그는 유니버셜 픽쳐스의 상징물, 지구 모형을 지나 건물 안으로 두 사람을 안내했다.

[헤드 디렉터 - 안토니 갈리웍스]

문에 붙은 명패를 읽어본 강찬이 마른 침을 삼켰다.

헤드 디렉터.

간단히 이야기하자면 영화 제작의 실질적인 권한이 있는 이다. 헤드 디렉터와 만난다는 것은 강찬을 픽업할 생각이 있다는 것과 마찬가지.

'안토니 갈리웍스라.'

영화계에서 몸담으며 들어본 적은 있는 이름이다. 하지만 어떤 작품을 했는지, 어떤 스타일의 사람인지는 잘 기억이 나지 않았다.

강찬이 안토니의 이름을 곱씹는 사이 헤르무트가 말했다.

"들어가시죠."

두 번의 노크 후, 들어오라는 말이 들리자 헤르무트가 문을 열며 말했다. 살짝 긴장한 듯 보이는 안민영과 강찬이 방 안으로 발을 들였다.

대머리에 툭 튀어나온 눈썹, 그 덕에 푹 들어간 눈. 어두워 보일 법도 하지만 날카로운 눈을 가진 노인.

줄무늬가 들어간 흰 셔츠에 툭 튀어나온 배, 검은 멜빵바지를 입은 그는 강찬을 바라보며 말했다.

"반갑소."

"반갑습니다."

인사를 하고 나서도 안토니의 눈은 강찬에게서 떨어지지 않았다. 안민영이 인사를 하고 헤르무트가 두 사람을 소개할 때까지.

네 사람이 자리에 앉자 안토니가 강찬을 바라보며 말했다.

"다크 유니버스를 이야기했다고."

"예."

서론도 없이 본론이다. 강찬을 떠보기 위해 강하게 나오는 건지, 원래 이런 사람인지 파악하기 위해 강찬 또한 그의 눈을 피하지 않았다.

"그것도 추측만으로 말이지."

"예."

"대단하구먼. 헤르무트 저 친구가 독일인이거든. 그러다 보니 어지간해서는 흥분을 안 하지. 그런데도 아주 침을 튀며 자네를 데려와야 한다 말하더군."

사람들의 시선이 헤르무트로 향하자 그는 조용히 눈을 감아버렸다.

"어쨌거나. 그런 헤르무트의 반응을 보고 궁금해져서 자네의 작품을 찾아봤다네. '우리들.' '악당' 그리고 광고까지."

강찬은 입가에 미소가 번지는 것을 참으며 간신히 무표정한 얼굴을 유지했다.

유니버셜 픽쳐스의 헤드 디렉터가 머나먼 동양에서 온 감독의 작품을 찾아봤다니. 돌아오기 전의 강찬이었다면 그의 말이 끝나기 무섭게 감사하다며 고개를 숙였을지도 모른다.

"나이에 비해 재능이 넘친다는 견해까지는 이해하네만. 굳이 쟁쟁한 감독들을 두고 자네를 써야 하는 이유를 모르겠더군. 내가 이 말을 헤르무트에게 했더니, '만나보고 판단하십시오'라고 하더구먼."

능구렁이 같은 양반이다.

자신에 대해 조사도 했고 유니버셜 픽쳐스의 본사로 불러 이야기도 하고 있지만, 강찬을 픽업할 생각이 아직 없다는 것을 우회해서 말하고 있다.

즉, 메가폰을 잡기 위해 네가 가진 모든 것을 보이라는 것과 마찬가지.

"그렇군요."

"그렇지."

"보기엔 어떠십니까?"

"자네를?"

"예."

"첫인상은 어려 보인다는 것이었네. 그리고 아직은 첫인상 정도의 인상밖에 주지 못한 상태지."

날카로운 눈빛만큼이나 뾰족한 혀끝을 가진 양반이었다. 이런 성격이라면 잔재주는 통하지 않는다. 미래에서 돌아온 강찬이라지만 삶을 다 합쳐봐야 앞에 있는 안토니에 미치진 못할 터.

"그럼 바꿀 필요가 있겠군요."

"인상을? 쉽진 않을 텐데."

조소가 섞인 안토니의 목소리에 강찬은 어깨를 으쓱해 보였다. 그리곤 가방에서 큰 서류철을 꺼내 테이블에 올려놓았다.

"뭔가?"

"시나리오입니다."

"시나리오로 날 설득하겠다?"

"보고 판단하시죠."

그는 시나리오의 첫 장을 슥 바라본 뒤 강찬에게 말했다.

"하루에 투고되는 시나리오의 수가 얼마나 될 것 같나?"

"안토니가 직접 영화를 찾아보고, 부하 직원에게 추천을 받은 뒤, 당신과 얼굴을 맞대며 시나리오를 건네는 사람을 묻는 거라면. 이번 주에는 저 하나밖에 없었을 것 같군요. 좀 더 배팅을 해보자면 올해 안에도 저 하나밖에 없었을 것 같고."

말을 마친 강찬의 입가에는 미소가 걸려 있었다. 그의 말을 들으며 미간을 구겼던 안토니는 고개를 숙이며 헛웃음을 흘렸고 이내 한 손으로 양쪽 관자놀이를 누르며 크게 웃었다.

"으하하하, 이거 유쾌한 친구구먼. 영리하고 배짱이 두둑해. 이게 무슨 뜻인 줄 아나?"

"글쎄요."

"유쾌, 영리, 그리고 배짱. 이 세 가지를 가진 감독을 우리가 찾고 있었네. 그리고 자네는 그 세 가지를 모두 가지고 있다는 소릴세."

말을 마친 안토니는 다시 한번 웃음을 터뜨렸다. 두 사람의 기에 눌려 한마디도 하지 못하고 있던 안민영은 헤르무트와 강찬을 바라보았고. 이내 헤르무트의 얼굴에 걸린 미소를 보며 천천히 고개를 끄덕였다.

'됐구나.'

그리고 그녀의 생각을 확고히 해주듯. 안토니가 시나리오를 집어 들었다. 그리곤 보지도 않은 채 자신의 테이블에 올려둔 뒤 말했다.

"자네 지금 촬영이 언제 끝난다고?"

"본래는 1월 예정이었습니다만."

강찬은 생각을 하는 듯 천천히 안토니와 눈을 맞추었다. 너하는 거에 따라 더 빨리 끝낼 수도 있지, 하는 제스처.

그것을 이해한 안토니는 신이 난 듯 빠르게 고개를 끄덕였다.

"본래라는 말이 나왔다는 것은 더 빨리 끝낼 수도 있다는 거겠지. 후반 작업에 개봉까지 생각해 보면…… 내년 6월쯤이면 되겠군."

"생각보다 넉넉하신 분이군요."

"넉넉?"

"3월에 개봉하고 적당히 얼굴 좀 비추다 4월에 미국으로 넘어오죠."

이미 계약을 확정 지었다는 듯한 강찬의 말. 자신감을 넘어 오만으로까지 보이는 그의 말에도 안토니의 얼굴에 번진 미소는 가실 기미가 보이지 않았다.

"지금이 8월이네만. 3월에 개봉이 가능하겠는가?"

"저는 거짓말을 제일 싫어합니다."

"좋군. 아주 좋아. 그러지. 그럼 내년 4월에 보세나."

그제야 만족스럽다는 듯 이를 보이며 웃은 강찬이 알겠다고 답하자 안토니가 손을 내밀었다. 두 사람이 악수하는 것을 본 안민영은 빠르게 카메라를 꺼내며 물었다.

"사진 한 장 찍어도 될까요?"

"아예 확실히 하겠다?"

두 사람의 모습을 찍어가면 당연히 기사화될 것이고 그러면 안토니는 이 자리를 무를 수 없게 된다.

물론 억지로 무르자면 무를 수 있겠지만, 그것보다는 공고히 하자는 의미의 제스처.

"자네도 보통은 아니구먼. 하긴 그러니 이 자리에 있겠지."

천천히 고개를 끄덕인 안토니는 안민영이 든 카메라를 바라보며 미소를 지었고 안민영은 세 번에 걸쳐 촬영했다.

강찬과 안토니가 미소를 지은 채 악수를 하는 모습을 찍은 그녀가 오케이 사인을 하자 두 사람이 손을 놓았다.

"좋은 시간이었습니다."

"마찬가지일세."

마지막으로 대화를 나눈 강찬이 살짝 고개를 숙여 인사를 한 뒤 자리에서 일어서 밖으로 나갔고 안민영 또한 인사를 한 뒤 밖으로 나섰다.

탁, 하고 문이 닫히는 소리가 나자 강찬이 짧은 숨을 몰아쉬었다.

"……후."

"된 건가?"

"됐죠."

"그럼 우리 유니버설하고 일하는 거야 이제?"

"아직은 구두계약입니다. 시나리오 보고 마음이 변할 수도 있고…… 아직 할 거 많아요."

조금은 피곤해 보이는 강찬과 달리 안민영의 눈은 사람의 눈이 저렇게 커질 수 있나 싶을 정도로 커져 있었다.

'한 장의 사진이 얼마나 큰 파급력을 가질 수 있을까.' 하는 생각으로 아서에게 사진을 보냈고 아서는 그를 위한 기사를 작성해 주었다.

인터내셔널 스크린에 올라온 기사를 본 강찬은 영화 촬영에 들어갔다.

다음 날.

"인터뷰가 29개요?"

"강 감독한테 들어온 인터뷰만. 기사는 몇 개가 나온 건지도 모르겠다."

[유니버셜과 손을 잡은 선댄스 키드. 강찬 그는 누구인가.]

[안토니 갤리웍스의 선택은 옳은 것일까?]

[다크 유니버스, 유니버셜의 미래를 밝힐 등불이 되어줄 것인가.]

[히어로 무비를 뒤틀다, 다크 유니버스란 무엇인가.]

해외에서 난 기사도 많은 편이긴 했지만, 국내에 비할 바는 아니었다. 국내 대형 포털 사이트들의 1위는 강찬의 이름 두 글자로 고정되었으며 그 뒤로 유니버셜 픽쳐스와 다크 유니버스, 그리고 강찬의 전작들이 검색어의 순위를 차지했다.

"어마어마하네요."

"그렇지."

2007년.

이때만 하더라도 한국인 영화감독이 할리우드 메이저 영화사와 계약을 하는 경우는 없다시피 했다.

그런 와중, 이제 스물한 살에 두 개의 작품을 가진 감독이 유니버설 픽쳐스의 헤드 디렉터와 악수를 하는 사진이 올라온 것.

유니버설 측에서는 '다크 유니버스를 위한 포석'이라는 제목의 기사를 내어 공식 입장을 밝혔고 그 이후 불타는 볏짚에 기름을 부은 듯 기사들이 터져 나오기 시작했다.

강찬의 핸드폰 또한 마찬가지.

그의 번호를 아는 모든 이들에게 연락이 왔으며 그 덕에 일상 업무를 보지 못할 정도에 이르렀다.

소식을 들은 백중혁은 직접 미국으로 찾아왔고 강찬은 그를 맞이하기 위해 공항으로 나갔다.

"어서 오세요."

"강 감독!"

양복 차림의 그는 강찬을 보자마자 한걸음에 달려와 그를 끌어안았다. 얼굴의 주름을 무색하게 만드는 완력은 여전했다.

"그런 일이 있으면 바로 내게 연락을 하지 그랬나! 계약은 한 건가?"

"아뇨. 아직입니다."

"그래? 다행이구먼. 내가 얼마나 놀란 줄 아는가?"

안민영이 보고하고 있을 거라 생각했기에 따로 말하지 않았던 것인데 아마 보고를 하지 않은 모양이었다.

'바빠서인가.'

아니면 백중혁의 아래서 나와 강찬의 아래로 들어왔다는 반증일 수도. 잠시 다른 생각을 하던 강찬은 미소를 지으며 답했다.

"서프라이즈 좋아하지 않으십니까."

"두 번 서프라이즈 했다가는 늙은이 심장이 남아나질 않을 걸세. 다음부턴 언질이라도 해주게나."

"하하, 알겠습니다."

강찬은 백중혁과 함께 미리 준비한 차에 올라 촬영장으로 향했다.

"그래, 어떻게 된 건가?"

차에 오르자마자 백중혁이 물어왔고 강찬은 유니버설과 있었던 일로 시작해 미국에서 있었던 일들에 대해 전반적인 이야기를 해주었다.

거의 30분가량의 이야기가 끝날 때까지 질문 하나 없이 듣고 있던 그는 이내 흡족한 표정을 지으며 강찬의 어깨를 두들졌다.

"대단하구먼그래."

"감사합니다."

"촬영은 잘 되어가나?"

"그럼요. 예정보다 빠르게 끝낼 수 있을 것 같습니다."

강찬이 3월이라 이야기했다는 것은 그때까지는 끝낼 수 있다는 확신이 있다는 것이나 마찬가지. 백중혁은 잠깐 창밖을 보며 생각을 정리하고선 말했다.

"내가 해줄 것이 있을 것 같은데."

"예."

"후반 작업 시간을 단축할 생각인가?"

"그렇습니다."

백중혁은 강찬이 한마디를 하면 그 안에 담긴 열 가지 뜻을 읽어냈다. 영화 촬영의 과정 중 돈으로 시간을 단축하기에 가장 좋은 파트는 후반 작업이다.

전까지는 강찬이 모든 것을 담당했기에 오랜 시간이 걸렸지만. 이제는 모든 것을 담당할 시간적 여유가 없었다.

"내 알아보고 연락 주지."

"감사합니다."

"감사는 내가 해야지, 우리 배급사의 효자인데."

그는 껄껄 웃으며 자신의 무릎을 두들기곤 말을 이었다.

"그러고 보니 나도 서프라이즈가 있네."

백중혁의 서프라이즈라.

그가 하는 일은 대부분이 강찬의 영화에 관한 것. 자연스레 그의 눈에 기대감이 서렸다.

"뭡니까?"

"영일 이사직을 내려놓았네."

"……예?"

"백 영화사에 집중하기 위한 결정이었다네. 아무것도 안 해도 따박따박 나오던 월급이 조금 아쉽긴 하네만."

일흔이 넘은 그다.

그런 나이에 지금까지 쌓아온 모든 것이 있는 회사를 그만두고 나와 새로운 도전을 하다니. 강찬이 화등잔만 해진 눈으로 백중혁을 바라보자 그가 다시 한번 껄껄 웃었다.

"자네 덕분일세. 새로운 도전이 주는 짜릿함을 그간 잊고 살았어. 어느새 살아온 날들보다 살아갈 날이 더 적은 나이인데, 하나라도 더 해봐야 하지 않겠나?"

그만큼 강찬에게 거는 기대가 크다는 뜻이었다. 강찬은 말 대신 고개를 숙였고 백중혁은 강찬에게서 고개를 돌려 앞을 바라보며 말을 이었다.

"너무 부담 갖지는 말게나. 뭐 부담 가지래도 안 가질 성격인 건 알고 있네만, 서프라이즈는 여기까지 하고……. 휴고 위빙과 절친한 사이가 되었다 들었네."

진중하던 그의 얼굴에 장난기가 깃들기 시작했다.

"예. 어쩌다 보니 인연이 닿아서요."

"자네 덕 좀 볼 수 있겠나?"

"연락 한번 해볼까요?"

"으허허허, 내가 아는 사람이 휴고 위빙과 연락해 저녁 식사 약속을 잡을 수 있다니. 꿈인가 생시인가 싶구먼."

백중혁은 신나게 웃다가 뚝, 그치며 말했다.

"뭐하나, 전화 안 하고?"

헛웃음을 흘린 강찬은 휴고에게 전화를 걸었다.

그날 저녁, 휴고와 백중혁. 세 사람이 그의 집에 모였다.

"반갑소. 백중혁이오."

"휴고 위빙입니다."

백중혁이 긴장한 모습은 처음 보는 것이었다. 그는 땀이 찬 손바닥을 바지에 벅벅 문지르더니 휴고가 내민 손을 쥐고 악수를 했다.

"강의 스승이나 다름없는 분이라 들었어요. 만나서 반갑습니다."

"초대해 주서서 고맙소."

휴고의 집, 2층 플로어를 통해 나오면 테라스가 있었다.

말이 테라스지 어지간한 아파트 한 채만 한 크기에는 수영장이 딸려 있었고 와인 테이블이 있었다.

식사를 마친 세 사람은 테라스에 앉아 술을 한 잔씩 하며 이야기를 나누었다.

"……집이 참 좋구먼."

백중혁은 영어 리스닝은 되었지만 스피킹을 어려워했고 영어를 잘하지 못하는 그를 위해 강찬이 통역사로 나섰다.

한 다리를 건너 하는 대화임에도 불편함을 느끼는 사람은 없었다.

"유니버셜과 함께 일을 하게 되었다고요."

"아직은 모릅니다."

강찬의 말에 휴고가 헛웃음을 흘렸다.

"온 세상이 그 이야기인데 당사자는 모른다니. 아이러니하네요. 유니버셜이 확답을 안 주던가요?"

"아직 크랭크 인을 안 했으니까요. 그 전까지는 모르잖아요?"

강찬의 말에 두 거인이 고개를 끄덕였다. 두 사람 모두 수없이 많은 영화를 찍어본 이들. 크랭크 인이 되고서도 엎어지는 영화 또한 많다.

"만약 제가 강이라면 너무 기뻐서 옷을 다 벗고 할리우드를 뛰어다닐지도 몰라요."

"하하하, 만약 그런다면 CNN 뉴스 특보는 확실하겠네요. '휴고 위빙, 나체로 할리우드를 달리다.'라고요."

시시콜콜한 이야기를 나누고 있을 때, 휴고가 강찬을 바라보며 말했다.

"'지킬 앤 하이드'는 어떤 영화죠?"

아무런 의미 없이 던지는 질문인 것 같았지만 그의 눈은 진지했다. 그 기색을 읽은 백중혁이 강찬을 바라보았고 강찬은 들고 있던 잔을 내려놓으며 말했다.

"원작소설을 기반으로 할 겁니다. 흔히들 아시는 이중인격자 지킬 박사가 이중인격을 분리해내는 데 성공하고 그 분리된 인격은 괴물이 되어가는…… 그런 내용이죠."

"그런 내용으로 그릴 건가요?"

"조금은 다르겠죠. 히어로 영화들처럼 세계를 구하긴 하겠지만 그림이 좀 다를 겁니다. DC나 마블의 히어로는 이미 나올 만큼 나왔고, 볼 만큼 봤으니까요."

휴고는 엉덩이를 당겨 의자 끝에 걸터앉더니 말했다.

"기대되네요. 어릴 적부터 좋아하던 이야기거든요. 하긴 지킬 앤 하이드, 프랑켄슈타인 같은 영화를 싫어하는 사람은 없겠지만요."

"……생각보다 많을 것 같은데요."

그들은 호러 무비의 주인공들이다. 잘 생기고 멋진 요즘 히어로와는 다른 공포스러운 외견을 가진 이들.

"저도 어릴 적에는 프랑켄슈타인을 무서워했거든요. 머리에 못을 박고 있는 괴물이라니. 볼 때마다 제 머리에도 못이 박힐 것 같아 두려워했었죠."

"지금도 어리지 않나요?"

"하하하, 그건 그렇지만 더 어릴 적에요."

웃음을 흘린 휴고는 잔에 담긴 위스키로 목을 축이더니 물었다.

"내정해 둔 배우는 있나요?"

"지킬 박사는 이미 내정된 상태입니다. 시나리오를 쓸 때부터 생각해둔 사람이 있거든요."

강찬의 말에 휴고가 아, 하는 탄식을 흘렸다.

"왜요?"

"음…… 조금은 아쉬운 감이 있어서요. 강에게 이야기를 듣고 저도 강처럼 '내가 강의 영화에 출연하면 어떨까.' 하는 생각을 해봤었거든요. 꽤 멋진 그림이 나오더군요."

강찬이 천천히 고개를 끄덕이자 휴고가 씩 웃었다.

"내정해 둔 배우가 있다면 어쩔 수 없죠. 그래서 그 영광의 주인공은 누구죠?"

"호주 출신의 배우예요."

"호주요?"

휴고는 나이지리아에서 태어났지만, 호주에서 나고 자랐다고 해도 될 정도로 호주에 오래 산 인물이다.

그렇기에 호주 출신 배우라면 거의 다 친분이 있는 상황, 그가 반색하며 물어왔다.

"휴 잭맨? 멜 깁슨?"

강찬이 고개를 저었다.

"다른 분입니다."

"흠. 신인인가요?"

"아뇨."

스무고개를 하듯 고민하던 휴고는 이내 고개를 저었다.

"모르겠군요. 누구죠?"

그의 물음에 강찬은 미소를 지으며 휴고와 눈을 맞추었다. 처음에는 강찬이 대답해 주지 않고 장난을 친다 생각하던 그는 이내 미간을 찌푸렸다.

"설마."

"아마 그 설마가 맞지 않을까 싶은데요."

"내정해 둔 배우라는 사람이 전가요?"

"정확합니다. 생각보다 눈치가 느리시네요."

휴고는 진심으로 놀랐다는 듯 눈을 크게 떴다가 이내 입을 벌렸다. 그리곤 백중혁과 강찬을 번갈아 보더니 이내 한숨을 내쉬며 자신의 이마를 감쌌다.

"그러네요. 제가 눈치가 느렸어요."

강찬이 자신에게 잘해준 것은 단순히 좋아하는 배우에게 해준다는 느낌보다는 포석을 까는 느낌이었다.

단순한 호의로 생각하고 있던 것들이 하나씩 모여 퍼즐이 맞춰져 가자 휴고가 헛웃음을 흘렸다.

"그런데 내정되었다면서요. 유니버셜과는 이야기가 된 겁니까? 저로 하기로?"

"예."

"오……."

"휴고의 결정만 남았습니다."

"매니저를 통한 것도 아니고, 감독에게 직접 캐스팅 제의를 받은 건 처음이라 좀 떨리는데요."

그는 확실히 경험이 많은 베테랑 배우였다. 방금까지 놀라던 얼굴은 어디에 두고 온 것인지 자연스러운 표정으로 강찬과 눈을 맞추었다.

그리고 고민하는 듯 눈썹을 긁적이더니 말했다.

"날 놀렸군요?"

"그럴 생각은 없었는데 아쉬워하는 휴고의 모습이 너무 재밌어서요. 그래도 카메라는 없었으니 영상으로 남진 않을 겁니다."

다시 한번 웃음을 터뜨린 휴고는 백중혁을 바라보며 물었다.

"원래 이런 사람입니까?"

"휴고 앞이라 조금 자중하는 듯 보이네만. 원래는 더 하네."

"맙소사."

휴고는 위스키 잔을 들었다가 잔을 빈 것을 확인하고 한 잔 더 따랐다. 그리고 잔을 들며 말했다.

"강."

"예."

"최고의 지킬로 만들어 주실 거라 믿습니다."

"그럼요."

그가 잔을 내밀자 강찬과 백중혁이 치어스, 하며 건배를 했고 세 사람이 기분 좋게 잔을 들이켰다.

이제는 감독 외의 일에서 모두 손을 떼고 감독의 일에 집중해야 할 때다. 물론 영화 외적인 일에는 직접 나서야 하겠지만, 영화 내적으로 감독이 해야 하는 일 외의 것에서 손을 뗀다는 뜻이었다.

이유야 간단하다.

강찬보다 더욱 전문적인 지식을 가졌고 또 능력이 있는 이들을 고용할 수 있는 위치가 가까워지고 있었다.

이제 유니버설과 일을 시작하면 세계적인 전문가들이 그를 서포트할 것이고 그 안에서 강찬 사단은 성장할 것이다.

강찬이 모든 파트를 볼 수 없어질 테니 주변 사람들을 키우는 게 더 중요해진 것이다.

스태프에서 안민영과 윤가람, 정기태와 서대호. 그리고 파라. 이 다섯 사람을 더 키워야 할 것이며 인재의 풀 또한 늘려가야 할 것이었다.

'대호가 좀 늦어.'

강찬의 시선이 자연스레 서대호에게 향했다.

서대호와 함께한 지도 벌써 3년째, 모든 영화를 그와 함께 제작했으며 그의 실력 또한 나날이 늘어가고 있었다.

저번 방학 때 인턴으로 여기저기서 일한 경험이 큰 도움이 되었는지 그는 제법 현장에 익숙해진 티를 내고 있었다.

물론 조감독이 해야 할 모든 일을 하는 것은 아니었지만, 강찬을 보조하기에는 어느 정도 완성된 상황.

어서 발아를 시킨 뒤 완벽한 보조를 할 수 있을 정도로 성장을 시켜야 했다.

'일단 대호부터 발아시키고.'

지금까지 방목이었다면 이제는 스파르타식 과외를 할 필요가 있다. 서대호를 바라보고 있던 강찬은 천천히 고개를 끄덕였다.

'7개월.'

이번 영화 'TWO BASTARDS'가 개봉하기까지 남은 시간은 7개월. 그 안에 서대호를 전문가 수준으로 끌어올려야 한다.

이미 서대호의 머리 위에 있는 발아의 씨앗을 본 상황, 발아만 시킨다면 전문가 수준으로 끌어올리는 것은 어렵지 않을 터. 그 뒤에 모든 것을 가르친다면 어렵지 않을 것이었다.

결정을 내린 강찬은 필드 테이블에서 일어서 서대호에게로 향했다.

"대호야."

"응?"

"넌 뭘 하고 싶냐."

갑작스러운 물음에 서대호의 눈이 동그래졌다. 그는 이마에 흐르는 땀을 슥 닦더니 강찬에게 다가오며 말했다.

"꿈을 묻는 거야?"

"뭐 비슷해."

서대호는 모르겠다는 듯 들고 있던 펜의 뒷부분으로 머리를 긁적이더니 되물었다.

"너는?"

"나야 영화 계속 찍는 거지."

"흠."

그의 시선이 강찬에게서 벗어나 촬영장으로 향했다. 각자의 위치에서 일하는 스태프들, 그리고 촬영을 준비하고 있는 배우들과 그 모든 것을 통솔하는 강찬까지.

"잘 모르겠는데 하나는 확실하다. 나는 현장에서 일하는 게 좋다. 재미도 있고. 이 많은 사람이 하나의 목표를 향해 움직인다는 거, 그리고 그 결과물로 인해 모두가 함께 행복해하는 거 자체가 즐거워."

강찬 또한 그렇게 생각하기에 천천히 고개를 끄덕였다. 영화를 찍는 데 있어 별다른 이유는 없다.

머릿속에만 존재하는 상상의 타래를 풀어 다른 이들에게 보여주고 또 그것을 만드는 것이 즐겁기 때문.

서대호는 말을 하며 생각이 정리된 듯 천천히 고개를 끄덕이더니 말을 이었다.

"앞으로도 영화를 찍고 싶어. 뭐 네가 묻는 건 이런 게 아니라 내 자리에 대해서 같은데. 맞아?"

"응."

"자리라…… 난 사실 조감독이라기보다는 감독 보조가 더 어울리는 것 같아. 무언가 다른 이들을 통솔하기보다는 모두를 보조해주는 일? 그런 쪽이 더 좋더라고. 배우들도 케어하고 스태프들이랑 농담 따먹기도 하고 말이지. 근데 그런 조감독은 좀 이상하지 않을까?"

보통 조감독들은 감독 지망생인 경우가 많다. 현장에서 경험을 쌓아 자신의 영화를 찍기 위해서 조감독을 하는 것.

그렇기에 강찬이 물은 것이었다. 그의 꿈이 정확히 어디에 있는 것인지. 그래야 서대호를 키우는 지향점을 정할 수 있을 테니까.

"감독은 어때?"

그의 물음에 서대호가 고개를 저었다.

"널 보다 보니까 깨달은 건데, 감독은 타고 나야 하는 거 같아. 나는 너처럼 죽어라 시나리오 쓰고 편집하고 뭐 하고 이런 것보다는 사람들끼리 부대끼면서 영화 만드는 게 더 좋다."

끝으로 미소를 지은 서대호가 강찬의 어깨를 툭툭 두들겼다. 그의 손길에 담긴 감정을 느끼던 강찬은 이내 고개를 끄덕였다.

그러자 서대호가 말했다.

"더 열심히 할 테니까 앞으로도 잘 부탁드립니다. 강찬 감독님."

"그래. 파이팅이다."

뜬구름 잡는 파이팅이었지만 서대호는 장단에 맞춰주었다. 이 대답으로 자신의 운명이 결정된 것을 모르는 서대호는 손을 흔들며 스태프들에게로 걸음을 옮겼다.

'그럼 뭐부터 해볼까.'

서대호가 가진 능력. 예상컨대 누군가를 케어하는 능력일 것이었다. 그런 상황을 더 만들어주면 충분히 발아할 터.

서대호의 등을 바라보던 강찬의 얼굴에 미소가 걸렸다.

몸이 두 개가 되는 발아 능력은 없을까? 만약 그런 능력이 있다면 하나는 '지킬 앤 하이드'의 시나리오와 캐스팅 등을 담당하고 하나는 'TWO BASTARDS'의 촬영과 편집을 할 텐데.

이런 생각을 할 정도로 바쁜 시간이 흘렀다. 발아 능력 '숙면'으로 인해 하루에 2시간만 자도 괜찮다는 점을 최대한 이용한 강찬은 이틀, 사흘에 2~3시간씩만 자면서 생활을 이어갔다.

그만큼 몸을 굴린 결과.

[능력 단계 상승: 숙면 - 2단계]

[발아 진로 선택 가능]

[선택지]

[선택: 원하는 순간 바로 잠이 들 수 있으며 지정한 시간 동안 수면을 취한 뒤 잠에서 깨어난다.]

[불면: 원하는 시간 동안 잠을 자지 않을 수 있다. 몸의 피로는 그대로 누적되며 일정 시간 이상 불면을 사용할 시, 몸에 지장이

올 수 있다.]

'숙면'이 2단계로 올랐다.

'허허……'

백중혁 같은 헛웃음을 흘린 강찬은 메시지를 다시 한번 읽어보았다. 숙면과 불면 두 가지 모두 탐나기 그지없는 능력들.

'불면이 좀 더 나으려나.'

지금 잠을 자지 않고 버틸 수 있는 시간은 최대 나흘. 그 이상은 정신력이 남아나질 않는다. 이런 상황에 불면까지 있다면 적어도 일주일은 버틸 수 있지 않을까?

생각하던 강찬은 고개를 휘휘 저었다. 21살의 나이에 과로로 비명횡사하고 싶진 않았기 때문. 자신의 한계를 알고 조절하는 것도 능력이다.

'선택으로 가야겠어.'

강찬이 '선택'으로 마음을 굳히자 메시지창이 사라지며 머리가 청량해졌다. 강찬은 곧바로 실험을 해보았다.

'지금 잠들어서 3분 21초 뒤 기상.'

스톱워치를 켜서 머리 위에 둔 강찬이 침대에 머리를 댄 순간. 그대로 잠이 들었고 다시 눈을 떴을 때는 정확히 3분 24초가 지나 있었다.

"……워."

눕고 일어나는 시간이 3초 정도 될 테니 이 정도면 완벽하다. 만족스러운 표정을 지은 채 스톱워치를 보고 있던 강찬은 이내 씁쓸하게 웃었다.

'불쌍한 삶이구먼.'

얼마나 잠을 안 잤으면 잠에 관한 능력이 발아하고 2단계까지 오르는지. 하지만 남을 위해 하는 것도 아니거니와 강찬 자신이 즐겁기에 이렇게까지 하는 것이었다.

"아자, 아자."

새벽 4시, 자신의 방에서 홀로 의지를 다진 강찬이 다시 시나리오 작성에 열을 올렸다.

그 결과.

시간을 최대한으로 단축할 수 있었다.

'지킬 앤 하이드'의 시나리오 초고가 완성되었으며 로케이션 리스트와 배우의 캐스팅 리스트까지 강찬 홀로 만들어냈다.

물론 실제 촬영에 들어가게 되며 많은 것이 수정될 터. 하지만 이번 영화에 다른 이의 손길, 아니 숨결 하나 닿지 않게 하겠다는 의지의 표명이었다.

완성된 시나리오와 모든 리스트를 유니버설 픽쳐스의 안토니 갤리웍스에게 메일로 전송한 강찬은 긴 한숨을 쉬었다.

그렇게 시간은 빠르게 흘렀으며 오늘.

2007년 12월 11일.

로스앤젤레스 근처의 사막.

본래는 아무것도 없어야 할 사막 위로 기차의 선로가 깔려 있었으며 그 위로는 다 부서진 기차가 서 있었다.

"드디어 마지막 촬영입니다. 자, 다들 힘냅시다!"

"와아!"

클라이맥스 한 장면의 촬영을 위해 14대의 다양한 카메라가 동원되었으며 이 장면에만 1억 원이 넘는 돈이 들어갔다.

그만큼 공을 들인 장면.

"레디! 레디!"

서대호가 이리저리 돌아다니며 레디 사인을 받고 체크, 또 체크를 하고 있었다. 곧 눈앞에 있는 거대한 기차가 폭발할 예정이었기에 안전의 안전을 기하고 있는 것.

그 모습을 보는 강찬의 입가에 미소가 걸렸다. 지난 몇 개월간 강찬은 서대호에게 자신이 하는 일의 50% 이상을 가르쳐주었고 그는 훌륭히 소화해내고 있었다.

'아직이긴 하다만.'

발아하지 못한 게 흠이긴 했지만, 서대호는 열정으로 발아의 씨앗까지 씹어 먹어버릴 정도로 열심히 일하고 있었다.

"올 스탠바이!"

서대호의 스탠바이 사인과 함께 배우들이 곧 폭발할 기차에 몸을 실었다. 그 모습을 보고 있던 휴고는 꿀꺽, 하고 침을 삼켰다.

"기차 출발합니다!"

서대호의 말과 함께 기차가 끽끽거리는 이상한 소음과 함께 선로를 타고 천천히 움직이기 시작했다.

"3, 2, 1 레디! 슛!"

강찬의 말과 함께 기차 위에 서 있던 슬레이터가 크게 슬레이트를 친 뒤 기차에서 뛰어내렸다.

그러자 슬레이터를 찍고 있던 14대의 카메라가 동시에 각자 맡은 부분의 촬영을 시작했다.

슛 사인이 떨어진 순간, 배우들이 기차에서 뛰어내려 사막을 굴렀다. 그리곤 엉덩이에 불이 붙기라도 한 듯 미친 듯이 달리기 시작했다.

"누가 보면 진짜 폭탄 터뜨리는 줄 알겠네."

"그러게."

권중회 역의 연정석, 안백 역의 정희성, 이덕혜 역의 장효선. 세 배우는 뛰지 않으면 죽는다는 것을 온몸으로 표현하며 달려나갔다.

그때, 금괴가 든 가방을 멘 채 달리던 정희성이 발을 삐끗하더니 그대로 넘어졌다. 시나리오에는 없는 장면.

하지만 정희성은 NG를 내지 않겠다는 의지인지 그대로 일어서며 다시 달리려 했지만 악! 하는 외마디 비명과 함께 다시 넘어졌다.

"NG! 컷!"

강찬이 컷을 외쳤을 때, 서대호가 대기 중인 닥터보다 빠르게 달려나갔다.

"괜찮으세요?"

"아, 네. 그냥 넘어진 겁니다."

정희성은 괜찮다는 듯 손을 저으며 일어서려 했지만, 그는 발목에 힘이 들어가지 않는지 인상을 찌푸리며 다시 주저앉았다.

"일단 보죠."

서대호는 그가 아파하는 발목을 쥐더니 신발을 벗기곤 자신의 다리 위에 올렸다. 그리곤 손가락으로 여기저기를 눌러보며 말했다.

"아프세요? 여기는요?"

"악! 거기가 아픕니다."

"염좌네요."

"염좌요?"

"그냥 삔 거예요. 근육이 놀랐다고 생각하시면 돼요. 얼음찜질하시고……."

서대호의 말이 끝나고 도착한 팀 닥터는 서대호가 하는 것을 그대로 한 번 더 하더니 똑같은 말을 했다.

"염좌입니다."

팀 닥터가 진찰을 하는 사이, 어느새 얼음팩을 가져온 서대호가 팀 닥터에게 얼음팩을 건넸다. 그리고 그 모습을 보고 있던 정희성이 의외라는 듯 서대호를 바라보며 말했다.

"어떻게 아셨어요?"

"여자 친구가 발목이 가늘어서 자주 삐거든요. 그거 챙겨주다 보니까 자연스럽게 알게 되더라고요."

"……아, 네. 감사합니다."

떨떠름한 표정으로 감사를 표한 그에게 미소를 지어준 서대호는 이내 강찬에게 걸어오며 말했다.

"정 배우님 발목 삐셨어. 한 시간 정도는 쉬셔야 할 거 같은데."

"뛰는 건?"

"봐야지. 계속 찜질하면 괜찮긴 할 텐데 사막에서 뛰는 게 가능하려나."

강찬의 얼굴이 어두워졌다.

폭약부터 모든 것이 준비된 상황, 해가 져버리면 촬영은 내일로 미뤄진다.

그것만으로 제작비용의 펑크가 생기고 모든 일정이 하루 미뤄지게 되는 것. 단순히 배우 한 명의 부상으로 끝나는 게 아니라 어마어마한 손해가 발생한다.

그런 강찬의 기색을 읽은 서대호가 말했다.

"일단 한 시간 휴식이라 전할게."

"아니, 두 시간으로. 한 시간은 쉬고 한 시간은 식사. 그리고 정 배우님 병원 좀 보내줘."

"팀 닥터 말로는 병원에서 해줄 수 있는 게 없대. 걷게 하지 말고 차라리 마사지하는 게 나을 것 같아."

"그래?"

"일단 내가 옆에서 계속 마사지해줘 볼게."

"네가? 왜?"

"다친 것도 서러운데 한 사람이라도 옆에 있는 게 낫잖아. 그리고 어차피 발목 찜질도 계속해 줘야 하고."

강찬이 서대호를 만류하려고 하는 순간, 고개를 돌려 정희성을 바라보는 서대호의 머리 위로 발아의 씨앗이 고개를 내밀었다.

아직 틔우진 못한, 말 그대로 씨앗의 상태.

"어, 그래."

"오케이."

강찬의 허락이 떨어지자 서대호는 곧바로 정희성에게로 향해 얼음찜질을 해주었다.

'흠.'

씨앗이 발아하는 것은 어떤 극적인 상황이어야 하는 건가?

이여름과 연정석, 파라 모두 극적인 상황에서 발아하긴 했다. 그렇게 따지면 정기태는?

'박한길 소장님 아래 있는 게 극적이었으려나.'

극적인지는 몰라도 극한까지 몰리긴 했을 터. 강찬은 모르겠다는 듯 고개를 휘휘 젓고선 정희성 쪽을 바라보았다.

설치된 천막 아래, 정희성은 의자에 앉아 있었고 서대호는 모래에 앉아 그의 발목을 마사지해주고 있었다.

'착한 건지 책임감이 넘치는 건지.'

둘 다일 가능성이 컸다.

어차피 기다리는 것 외에는 할 게 없는 상황. 강찬은 마지막 촬영을 구경온 휴고와 함께 '지킬 앤 하이드' 시나리오에 관해 대화를 나누며 시간을 보냈다.

"두 개의 인격이라…… 재미있겠네요. '브이 포 벤데타'를 촬영할 때도 굉장히 재미있었거든요. 사회의 반항아가 된 느낌이라 해야 할까. 나는 내 신의, 그리고 신념을 실행하는 데 정부는 날 죽이려 하고, 시민은 날 따르는…… 정말 V가 된 기분이었죠."

그만큼 몰입을 하지 않았다면 '브이 포 벤데타'의 V와 같은 엄청난 캐릭터는 나오지 않았을 터. 강찬이 고개를 끄덕이자 그가 말을 이었다.

"'하이드'의 외견은 정해진 건가요?"

"아직 고민 중이에요. 단순히 몸이 커지고 힘이 세지면 헐크와 다를 게 없어지지 않습니까? 그러니 다른 무언가를 추가해 특이점을 주어야 할 텐데."

"그게 관건이겠네요."

두 사람은 머리를 맞대고 '하이드'가 가져야 할 능력에 대해 대화를 나누기 시작했고 곧 촬영 준비가 끝났다는 연락을 받았다.

서대호는 두 시간 동안 식사도 하지 않고 정희성을 보살폈으며 그 결과.

"뛸 수 있겠는데요?"

"괜찮습니까?"

"예. NG 없이 한 컷으로 찍고 나면 촬영 끝이잖아요? 한국 돌아가서 한 6개월 입원하죠, 뭐."

정희성이 나름 농담이랍시고 으하하, 하고 웃으며 분위기를 띄웠다. 강찬은 그를 바라보다 스태프 팀 치프를 모아 이야기했다.

"정희성 씨, 기차에서 뛰어내리는 신은 아까 찍었죠? 그거 다각으로 돌려서 쓸 테니까 정희성 씨는 기차 아래서부터 뛰기 시작할게요. 그리고 넘어진 그 부분에서 일어서면서 다시 뛰는 거로 따면 좀 적게 뛰어도 될 겁니다."

그의 옆에서 말을 듣고 있던 휴고가 좋은 생각이라며 엄지를 치켜들었고 서대호 또한 만족스럽다는 듯 고개를 끄덕였다.

그렇게 촬영이 시작되었다.

"백!"

"뭘 봐! 뛰어!"

넘어져 있던 안백 역의 정희성이 일어서며 다시 달리기 시작했고 그 모습을 14대의 카메라가 동시에 촬영하기 시작했다.

정희성은 2시간 전에 발목을 다친 사람이라고 생각하기 힘들 정도로 열심히 뛰었고.

"오케이 컷!"

강찬의 입에서 오케이 사인이 떨어졌다. 그와 동시에 달리던 정희성이 힘을 다한 물고기처럼 픽 쓰러졌다.

언제 준비한 건지 얼음 팩을 들고 있던 서대호는 바로 달려나가 그의 발목에 얼음 팩을 감싸주며 말했다.

"고생하셨습니다."

"뭘요. 대호 씨 덕분에 할 수 있었습니다."

두 사내가 어깨동무를 하고 돌아오는 것을 보며 흐뭇한 미소를 지은 강찬이 다음 촬영을 위해 고개를 돌리려는 순간.

서대호의 머리 위로 발아의 씨앗이 완벽히 모습을 드러냈다.

[서대호]

[발아 능력: 케어 - 발아 1단계]

[특징: 타인에 의하여 발아한 상태입니다. 발아 주체의 근처에서 멀어질수록 능력의 효과가 감소합니다.]

그럴 것이라 생각했는데 정말 '케어'라는 두 글자가 쓰여 있는 것을 보자 조금은 허탈한 느낌이었다.

'케어가 정확히 뭔데.'

그가 의문을 품은 순간.

메시지에서 케어라는 두 글자가 확대되더니 따로 분리되었다.

[케어: 발아의 씨앗을 가진 이들의 성장을 촉진시킵니다. 발아의 씨앗이 없는 이들의 성장 또한 촉진시킵니다. 이 능력을 가진 이가 주변에 있는 것만으로 마음이 안정되며 집중력이 향상됩니다.]

"……맙소사."

성장의 촉진.

간단히 말하면 인간 토템이라는 것이다. 주변에 서 있는 것만으로 이로운 효과를 주는 장식물 같은 것.

게임에서나 보던 능력을 가진 서대호에게 시선이 고정되어 있는 사이, 휴고가 정희성에게 다가가 다른 한쪽 어깨를 부축해 주었다.

"멋있어요."

"감사합니다."

휴고가 정희성의 어깨를 두들겨 준 순간,

번쩍!

휴고의 머리 위에서 눈이 멀어버릴 것같이 환한 빛이 터져 나왔다. 깜짝 놀란 강찬이 눈을 감았다 떴을 때, 강찬은 자신의 눈을 의심했다.

4장

금의환향

'……미친.'

휴고의 머리 위로 빛의 기둥이 피어올라 있었다.

지금까지 본 발아의 씨앗 중 가장 큰 것을 가지고 있던 파라의 것이 10㎝를 넘지 못했다.

하지만 휴고의 머리 위로 피어난 빛의 기둥은 말 그대로 기둥이라 해도 될 정도.

'1m는 되겠네.'

기둥이라기보다는 나무에 가까웠다. 아직 잎사귀가 피어 있지 않은, 마치 한겨울 낙엽수와 같은 모습.

사람의 머리 위로 돋아 있는 나무는 기괴하고 징그러운 모습일 법도 했지만 새하얀 빛을 뿜어내는 모습 덕에 성스럽다는 생각마저 들었다.

'이거구나.'

발아의 씨앗을 넘어선 무언가를 가지고 있는 이들, 그런 이들에게 씨앗이 보이지 않았던 이유가 바로 이거였다.

'나무라니.'

분명 그 '여자'는 '개화'가 끝이라 했다. 한데 그 위 단계인 나무가 있는 것이다.

'······잠깐만.'

'여자'의 말에 따르면 '개화'한 사람의 능력은 역사에 이름을 남길 수 있을 정도라 했다. 그렇다면 휴고가 역사에 이름을 남긴다는 말인가?

강찬의 머리가 복잡해지기 시작할 때. 휴고의 머리 위에 있던 빛이 조금씩 사그라들며 기둥의 정체가 드러났다.

'······나무가 아니구나.'

그의 머리 위에 있는 것은 나무가 아니라 '줄기'였다.

아직 꽃이 피지 않은, 꽃망울을 달고 있는 식물의 줄기. 그리고 그것을 확인한 강찬은 다시 한번 소름이 돋는 것을 느꼈다.

저 정도 크기의 줄기라니. 그렇다면 '개화'한 꽃은 도대체 얼마나 거대하며 어떤 능력을 지니고 있다는 걸까.

소름이 돋은 팔을 쓸며 휴고와 서대호를 바라보고 있던 강찬은 이내 자신의 본분을 깨달았다.

"모두 수고하셨습니다!"

강찬의 말과 동시에 스태프와 배우들의 환호가 쏟아졌다.

후련한 표정으로 현장을 바라보고 있는 이와 눈물을 흘리는 이, 박수를 치고 있는 이 등, 각자의 방법으로 기쁨을 표현하고 있었다.

"강 감독님, 고생하셨습니다."

"배우님이 더 고생하셨죠."

영화 출연진들은 강찬에게 다가와 악수를 하며 축하의 인사를 건넸다.

"축하해."

"뭘."

기차의 폭발 신을 마지막으로 영화 'TWO BASTARDS'의 촬영이 종료되었다.

미국에서의 촬영을 정리하고 한국으로 돌아가는 비행기 안.

이제 후반 작업에 들어가야 하는 'TWO BASTARDS'와 촬영에 들어가야 할 '지킬 앤 하이드'까지 생각할 것이 태산이었지만 강찬의 머릿속에는 하나의 생각밖에 없었다.

'개화라……'

휴고 위빙의 머리 위에 있던 줄기를 보고 일주일이 지났다. 하지만 그가 보여주었던 빛은 너무나 아름다웠기에 쉬이 잊히질 않았다.

'나도 할 수 있을까.'

'3단계에 들면 무슨 능력이 생길까.'

'줄기는 몇 단계일까?'

'대호와 함께 있으면 내 능력도 향상하는 건가.'

한창 생각에 잠겨 있을 때, 안민영이 스케줄을 정리하던 노트를 내려놓으며 말했다.

"한숨 자는 게 어때?"

이미 한숨 자고 일어난 그녀가 맑은 눈을 하고 물어왔다. 13시간의 비행 중 8시간이 지난 지금까지 강찬은 앉은 채 생각에 잠겨 미동도 하지 않고 있었다.

"괜찮아요."

"얼굴은 아닌데. 인터뷰 때문에 그래?"

"아, 그것도 있었지."

"아닌가 보네."

한국에 도착하자마자 인터뷰가 세 개 있었고 방송 출연도 하루에 하나씩 잡혀 있었다.

강찬은 후반 촬영에 있어 진두지휘만 맡기로 했기에 방송에 출연할 여유가 있긴 했지만.

'방송 출연을 위해 만든 여유가 아닌데.'

유니버셜이 만족하고 모든 권한을 강찬에게 맡길 만큼 완벽한 모습을 보여주어야 한다. 그걸 위해 '지킬 앤 하이드'를 준비하려 했다. 하지만 영화 홍보를 위해 최소한의 방송 출연은 거부할 수 없었다.

"딱 일주일만 방송 나갈 겁니다. 그 뒤에는 편집에 집중해야해요."

"그럼, 그럼. 그건 그렇고 인터뷰 때문도 아니면 뭔데?"

"그냥 고민이 많아서요."

안민영은 더 이상 묻는 대신 고개를 끄덕였다. 도움이 필요하면 자신에게 말할 터, 굳이 캐물을 필요가 없다고 생각한 것이었다.

그녀가 '쉬엄쉬엄해.' 하고 말한 뒤 다시 노트로 눈을 돌릴때, 뒷좌석에 있던 파라가 그의 옆으로 다가오더니 말했다.

"지금 괜찮아요?"

"예."

"한국에서 광고에 대해 공부하고 있는데 미국하고는 시스템이 조금 다르더라고요. 그래서 그런데……."

파라의 물음에 강찬은 자신이 아는 것 내에서 성심성의껏대답해 주며 대화를 시작했고 그 모습을 본 안민영은 고개를 저었다.

"하여간 일밖에 몰라요."

그러곤 다시 스케줄 노트를 작성하다가 이내 헛웃음을 흘렸다. 비행기 안에서까지 일하는 자신의 모습이 강찬과 다를 것 없다는 생각이 들었기 때문이다.

비행기에서 내려 입국장으로 향하는 길, 안민영이 말했다.

"선글라스 줄까?"

"아뇨."

"플래시 엄청 터질 텐데."

"저 말고 대호한테 필요할 거 같은데."

강찬과 함께 카트를 밀고 나오던 안민영의 시선이 서대호에게 향했다. 그는 눈에 띄게 긴장한 얼굴로 카트의 손잡이를 문지르고 있었다.

"그럴까."

서대호에게 다가간 안민영이 선글라스를 건넸고 그는 감사하다는 인사와 함께 선글라스를 꼈다. 그러자 조금 안심이 되는지 한숨을 내쉰 그가 두꺼운 팔뚝으로 힘차게 카트를 밀었고.

"나가죠."

강찬과 안민영, 파라와 서대호. 정기태 등의 스태프와 배우들이 입국장으로 발을 들였다. 입국장의 문이 열리는 순간.

촤라라라라라락!

쇠로 된 책의 페이지를 빠르게 넘기면 이런 소리가 나지 않을까. 싶을 정도로 카메라 셔터 소리가 쉴 새 없이 터져 나왔고 플래시 또한 마구 터졌다.

입국장에는 수많은 기자가 카메라를 든 채 강찬 일행을 기다리고 있었다. 이번에는 백중혁이 부른 것이 아닌, 강찬의 입국 시간을 알아낸 기자들이 그의 인터뷰를 하기 위해 모여든 것이었다.

"유니버셜 픽쳐스와의 계약이 사실인가요?"

"다음 영화는 어떤 영화인가요?"

"휴고 위빙이 차기작에 등장한다는 게 사실입니까?"

"다음 영화의 제작비를 전부 사비로 제작한다는 말이 있던데요!"

눈이 머는 듯한 플래시 세례에 강찬은 짧게 한숨을 쉬며 후회했다.

'선글라스 받을걸.'

강찬은 대답 대신 카트를 밀며 인파들을 향해 걸어갔고 그 사이, 백중혁이 미리 대기시켜 둔 경호원들이 다가와 길을 내어주기 시작했다.

기자들은 경호원들 사이로 마이크를 내밀며 한 마디라도 따내기 위해 몸을 비벼댔고 그 모습을 보던 강찬은 입꼬리가 씰룩이는 것을 간신히 참아냈다.

'엄마가 좋아하겠는데.'

어지간한 톱스타들이 입국한다 해도 이 정도 인기는 끌지 못할 것이다. 적어도 휴고 위빙 같은 배우가 내한하지 않는 이상에야.

강찬은 '나가자마자 엄마에게 전화해 기사를 보라 말해야지.' 하고 생각한 뒤 밖으로 나섰다. 마음 같아서야 이 자리에서 기자회견이라도 열고 싶은 심정이었지만 이미 첫 인터뷰가 잡힌 상황.

강찬과 경호원들이 길을 뚫고 나가자 그 뒤로 스태프들, 그리고 배우들에게 기자들의 마이크가 넘어갔다.

이런 관심을 받아본 적이 드문 배우들은 손을 흔들거나 인사를 하며 기자들의 관심에 보답했지만, 영화나 강찬에 대한 언급은 피했다.

지금의 관심은 'TWO BASTARDS'에 관한 관심이 아닌 강찬 한 사람에 대한 관심이었다. 그렇기에 이 관심을 그대로 영화로 돌려놓을 필요가 있었다.

강찬은 그들에게 영화 외적인 이야기를 하지 말아달라 말했고 그들은 잘 지켜주었다.

입국 당일, 강찬은 인터뷰를 위해 방송국의 스튜디오를 찾았다.

수요일 밤 11시에 하는 연예정보 프로그램. '한밤의 연예 TV'에서 인터뷰를 요청했고, 강찬이 수락했기 때문이었다.

다른 쟁쟁한 프로그램도 많았지만, 강찬이 한밤을 선택한 이유는 단 하나였다.

"오랜만에 뵙네요."

"반갑습니다."

아담하다 못해 작은 키와 작은 얼굴, 거기에 큰 입과 매력적인 눈웃음을 가진 기자, 아니, 이제는 고정 리포터가 된 정승아가 강찬에게 악수를 건넸다.

"이제는 제 담당이 되신 것 같네요."

"그렇게 생각해 주시면 감사하죠."

어느새 방송국 연예부 리포터가 된 정승아가 특유의 눈웃음을 지으며 강찬과 눈을 맞추었다.

간단히 근황 이야기를 나누다 보니 촬영 시작 시간이 되었다.

방금까지 20대 대학생 같던 그녀는 카메라가 돌아감과 동시에 색다른 미소를 보이며 진행을 시작했다.

"할 말이 너무 많아요. 물어볼 것도 많은데 들을 건 더 산더미죠. 수많은 영화 종사자가 궁금해하고, 또 TV를 보는 시청자 여러분들이 가장 궁금해하는 질문부터 드릴게요."

"유니버설이요?"

"아뇨. 휴고 위빙이요."

그녀가 강찬과 자신 사이에 있는 모니터를 가리키자 프로그램 로고가 사라지며 휴고와 강찬이 식사를 하는 사진이 떠올랐다.

예상과 다른 진행에 강찬이 헛웃음을 흘렸고 정승아는 여유로운 얼굴로 물었다.

"우리나라에선 매트릭스의 스미스 요원으로 널리 알려진 할리우드의 톱스타, 휴고 위빙과 친분이 있으시다 들었어요."

"아, 예. 친구입니다."

"친구! 좋은 단어죠. 그럼 본론으로 넘어가서. 강 감독님의 차기작에 휴고 위빙이 등장한다는 말이 있던데요. 사실인가요?"

그녀의 물음에 미소를 지은 강찬의 시선이 정승아에게로 향했다.

'많이 늘었네.'

대본도 좋고 그녀의 진행 실력도 많이 늘어 있었다. 못 본

일 년 사이 큰 프로그램의 리포터를 맡을 정도니 실력은 당연하기도 했지만.

정승아의 기자 시절을 생각하던 강찬은 이내 입을 열었다.

"여기서 말씀드리면 최초 발표네요. 예. 그렇습니다."

정승아는 와, 하는 환호와 함께 큐시트를 든 손으로 박수를 쳤다.

"진짜요? 대박! 그럼 이번 영화는 소문대로 할리우드에서 촬영하게 되시는 건가요?"

"협의 중입니다."

매끄럽게 유니버셜 쪽으로 화제를 돌리는 기술도 좋다. 하지만 이 정도 수에 넘어가 줄 강찬이 아니었다.

유니버셜 픽쳐스의 헤드 디렉터 안토니 갤리웍스와 대화가 끝난 상황이긴 하지만 아직 간이 계약서만 작성한 상황.

이 정도의 뉘앙스를 주는 것만으로도 충분했다.

"멋지네요. 스물하나의 나이로 할리우드에 진출해 톱스타와 영화를 찍는다니. 저는 그 나이 때 뭐 했나 싶어요."

"그때의 승아 씨가 열심히 하셨으니 지금 이 자리에 승아 씨가 계신 거겠죠?"

"좀 더 열심히 할 걸 그랬어요."

그녀는 큰 입을 가리며 웃었고 강찬 또한 마주 미소를 지어 주었다. 그 뒤로 이번 영화 'TWO BASTARDS'에 대해 대화를 나누며 홍보를 하며 한 시간가량 대화를 나누었고 한국으로 돌아온 뒤의 첫 인터뷰가 성공적으로 마무리되었다.

오랜만에 어머니와 식사를 마치고 집으로 돌아온 강찬은 TV 앞에 드러누웠다. 그러자 그를 기다렸다는 듯 핸드폰이 울리기 시작했고 강찬은 짧은 한숨을 쉬었다.

"매니저를 구하든가 해야지."

무슨 일이 있을 때마다 핸드폰이 마비되니 불편해서 살 수가 없었다. 그나마 안민영과 윤가람이 그의 매니저 역할을 해주고 있어 어느 정도 분산이 되긴 했지만.

'내가 받는 전화가 10%라고 했었지.'

방송이나 광고 섭외 같은 것까지 합치면 강찬이 받는 전화의 10배를 두 사람이 처리하고 있는 것이나 마찬가지.

'월급 올려줘야겠네.'

지금 그들이 받는 돈은 절대 적지 않았다. 하지만 하는 일에 비해서는 적은 감이 없지 않은 상황. 머릿속에 리스트에 '월급 인상'을 적어놓았다.

그러곤 아직 울리고 있는 핸드폰을 쥐었다. 중요한 사항은 다 메일로 온다지만 그래도 전화를 무시할 순 없으니.

귀찮음이 가득한 표정으로 핸드폰을 쥔 강찬의 눈에 반가움이 가득 차올랐다.

"인섭이 형!"

-인마, 한국 들어왔으면 형한테 전화부터 해야 하는 거 아니냐? 이제 어, 잘 나가는 감독 됐다고 형 버리고 막. 어?

"하하하, 아니지. 안 그래도 연락하려 했는데 전화가 너무 많이 와서."

-이거 은근히 자랑하는 거 봐라.

반가운 목소리에 미소를 지었을 때, 송인섭이 말을 이었다.

-잘 지냈고? 영화는 어땠어? 할리우드 가서 휴고 위빙도 만났다며. 출세했네!

"하나씩, 하나씩."

강찬은 오랜만에 만난 친구와 이야기를 나누듯 몇 가지 이야기를 짧게 이야기했다. 그의 이야기를 듣고 있던 송인섭은 답답하다는 듯 아, 하는 탄성과 함께 말했다.

-이런 건 술 한잔하면서 들어야 하는데.

"그렇지."

-내일 밤에 스케줄 있어?

"내일 밤? 아니. 괜찮은데. 오랜만에 얼굴이나 볼까."

-그래. 주소 찍어줄 테니까 내일 저녁 9시까지 거기로 와. 늦으면 너, 큰일 날 각오하고.

큰일 날 각오?

송인섭의 태도가 뭔가 이상하다는 생각이 들었지만 오랜만이라 그런 것일 거라 생각한 강찬이 알았다고 대답한 뒤 전화를 끊었다.

'뭔가 있나.'

서프라이즈라도 있나, 하는 생각이 들었지만 깊게 생각하진 않았다. 이런 종류의 서프라이즈라면 당해주는 게 인지상정이니까.

미소를 지은 채 생각을 하던 강찬은 주변 지인들에게 전화를 걸어 그가 돌아왔음을 알리며 인맥의 관리를 시작했다.

"현우야."

-어 형!

"오랜만이네."

-그래? 그렇지. 그러네. 음. 아. 형 나 지금 촬영 중이라 그런데 모레 다시 전화할게!

"어? 어."

뭐지?

애당초 촬영 중이면 전화를 받을 수 없는 게 당연하다. 그리고 구체적으로 '모레'라는 시간은 또 뭐란 말인가.

'흠.'

코끝을 찡그린 강찬은 메시지를 확인했다. 입국과 동시에 여진주에게 보낸 메시지는 여전히 답이 없었다.

"TV에는 잘만 나오면서."

마침 틀어져 있는 TV에서는 여진주가 소속된 그룹 VOV가 나오고 있었다. 넋 놓고 방송을 보던 강찬은 여진주에게 전화를 걸어보았지만 받지 않았다.

이쯤 되자 헛웃음이 나왔다.

도대체 뭘 얼마나 거창하게 준비를 하고 있기에 주변 사람들이 다 이런 반응이란 말인가.

내일 밤이 되면 알 수 있을 터.

영화를 찍을 때와는 다른 묘한 기대감에 강찬의 얼굴에 미소가 번졌다. 그리고 그런 그를 바라보고 있던 강찬의 어머니, 한연숙 여사가 귤이 담긴 접시를 그의 앞에 내려놓으며 물었다.

"뭐가 그렇게 재미있어?"

"사는 게 즐거워서."

"……애는 무슨."

그는 어머니가 가져다준 귤을 몇 개 까먹다가 몸을 일으켜 앉으며 어머니와 눈을 맞추었다.

"엄마."

"응?"

"우리 이사 가자."

모자가 사는 집은 17평짜리 임대 아파트였다. 두 사람이 살기에 부족함이 없는 집이긴 했지만.

"무슨 이사?"

"더 넓고 좋은 집으로."

"엄마 학교는 어떻게 하고?"

"그 근처에도 좋은 아파트나 주택은 있을 거 아니야."

"······그건 그렇지?"

요즘 들어 아들이 TV에 나오는 빈도수가 높다는 것을 아는 한연숙의 목소리가 한 음 올라갔다.

아들이 알아서 잘할 것이라 생각하고 있긴 했지만, 그가 얼마나 큰 돈을 버는지는 몰랐다.

"우리 아들 집 살 정도로 돈 많이 벌었어?"

"엄마."

"응?"

"이번에 찍은 내 영화 제작비가 얼만 줄 알아?"

"얼만데?"

"121억이야."

"······세상에. 121억?"

"근데 그중에 얼마가 내 돈이게?"

그의 물음에 한연숙의 얼굴에 모르겠다는 표정이 떠올랐다. 지금까지 살아오며 통장에 1억이라는 돈도 못 모아본 그녀였다.

그런 와중에 121억이라니.

"얼만데?"

"97억."

"……."

정말 많이 잡아 1억 정도를 생각했던 한연숙은 그 97배의 달하는 금액이 아들의 입에서 나오자 대답도 하지 못한 채 입을 떡 벌렸다.

그런 어머니의 모습에 씩 미소를 지은 강찬은 까던 귤을 입에 털어 넣으며 말했다.

"어디 살고 싶어?"

"됐다, 얘는, 이 주변에 음…… 엄마는 층이 높은 집이 좋다? 좀 이리저리 내려다보이는 집. 그리고…… 엄마가 교사잖니? 그러니까 너무 비싼 건 좀 그렇고 적당한 거로 액세서리도 하나 사줘 봐. 아들이 이렇게 돈 잘 벌고 유명한데 엄마가 아들 덕 좀 봐야지."

놀란 것도 잠시, 한연숙은 능청스럽게 필요한 것들을 이야기하기 시작했고 그런 모습에 강찬은 헛웃음을 흘렸다.

자신의 성격은 어머니에게 온 것이 확실하다는 생각이 들었다.

"그래. 내일 카드 만들어서 하나 드릴게."

"카드는 됐다. 아들이 직접 사줘야 의미가 있지."

"그런가? 그럼 이번 주말에 백화점 한 번 갑시다."

"그거 좋네."

오랜만에 만난 모자는 귤로 시작해 맥주를 마시기 시작했고 결국 치킨과 소주가 곁들여지며 기분 좋은 술자리를 가졌다.

다음 날.

연정석과 함께 예능 프로그램 출연을 마친 강찬은 시계를 보았다.

이제 저녁 8시.

바로 약속 장소로 향하면 될 것 같았기에 강찬은 택시를 탄 뒤, 기사님에게 주소를 알려드렸다.

차는 서울 시내로 들어갔고 곧 번잡한 홍대 한복판에 그를 내려주었다.

"······여긴가."

주소를 보아하니 여기가 맞는 모양이긴 한데.

[KOOKOON]

화려한 네온이 간판을 뚫고 나올 듯 번쩍이고 있었고 음악이 그의 귀를 때리고 있었다.

'클럽이네.'

'도대체 무슨 짓을 벌이는 거야.' 하는 생각을 하고 있을 때. 강찬의 핸드폰이 울렸다.

송인섭에게 온 전화였다. 강찬이 전화를 받자 한껏 신난 목소리의 송인섭이 물어왔다.

-어디야?

"입구."

-그래? 잠깐만 있어 봐.

입구에 선 채 잠깐 기다리자 정장을 차려입은 송인섭이 입구를 통해 올라왔다. 그는 얼굴 가득 미소를 지은 채 강찬을 끌어안으며 말했다.

"이게 얼마 만이야."

"오랜만이지."

'짜식.' 하는 말과 함께 강찬의 등을 두들겨준 그는 '신수가 훤해졌네!' 하는 말과 함께 강찬의 등에 손을 올리곤 건물의 안으로 안내했다.

"들어가자."

"뭔데?"

"뭐긴, 놀자는 거지. 영화 촬영이다 뭐다 하면서 제대로 논

적 한 번도 없잖아?"

그건 그렇다만. 이러고 놀 나이는 진즉 지났기에 별로 관심이 없었다.

'예상은 했다만.'

아마 그를 위한 파티가 준비되어 있을 것 같았다. 강찬 또한 미소를 지은 채 고개를 끄덕였다. 하루쯤 이렇게 노는 것도 나쁘진 않을 터.

송인섭과 함께 계단을 내려가자 어두컴컴한 실내가 보였다. 바닥에는 네온이 깔려 있어 걷는 데는 문제가 없었지만, 내부가 잘 보이지 않는 상황.

"뭐가 이렇게 어두워?"

송인섭은 대답하지 않고 그를 이끌었고, 계단을 내려가 플로어에 섰을 때.

"짜란!"

팟! 하는 소리와 함께 내부의 불이 전부 들어오며 실내의 전경이 드러났다.

[강찬 감독의 할리우드 진출을 축하합니다!]

유치한 플래카드와 케이크가 제일 먼저 보였고 그다음 보인 것은 사람들이었다. 열댓 명은 될 법한 이들이 모여 박수를 치며 폭죽을 터뜨리고 있었다.

"축하해요!"

"축하해!"

제일 먼저 보인 사람은 여진주였다. 그녀의 옆으로 '우리들'을 같이 촬영했던 김현우와 최윤식이 서서 박수를 치고 있었다.

개중 제일 먼저 강찬에게 다가온 이는 여진주였다.

"축하해요, 오빠."

"고마워."

스웨터에 청바지를 입었을 뿐이지만 태가 나는 그녀를 보니 역시 패션의 완성은 얼굴이라는 생각을 하고 있을 때.

"어제 전화 안 받아서 미안해요. 인섭 오빠가 서프라이즈로 하자 그랬는데, 전화 받으면 다 말해버릴 것 같아서⋯⋯."

"괜찮아."

"대신 선물 드릴게요."

그녀는 뒤로 숨기고 있던 쇼핑백 하나를 건넸다. 생각보다 묵직한 무게에 안을 보니 붉은 박스가 보였다.

"뭐야?"

"홍삼이요."

"⋯⋯홍삼?"

상상도 하지 못한 선물에 어안이 벙벙해진 강찬이 되묻자 여진주가 고개를 끄덕였다.

"요즘 몸이 두 개라도 모자를 정도로 바쁠 텐데, 이런 거라도 챙겨 먹어야죠."

그거야 그렇다만. 이제 막 스물하나가 된 아이가 주는 선물이 홍삼이라니. 강찬이 웃음을 터뜨리자 여진주가 물어왔다.

"마음에 안 들어요?"

"아니, 고마워. 안 그래도 요즘 몸이 허했는데."

강찬이 웃자 그제야 여진주 또한 미소를 지으며 고개를 끄덕였다.

그렇게 여진주와 대화를 나누는 사이, 사람들이 한 명씩 다가와 축하 인사를 건넸다.

강찬이 다른 이들과 대화를 나누는 중에도 여진주는 강찬의 옆에 선 채 강찬을 바라보거나 술을 한 모금씩 홀짝이고 있었다.

오랜만에 만나는 김현우와 최윤식과는 그간 어떻게 지냈나를 묻고 싶었지만, 강찬을 찾는 이가 너무 많아 길게 대화를 나누기 힘들었다.

나중에 따로 만나 대화를 하기로 약속한 뒤, 다른 이들에게 축하의 말과 술을 받던 강찬의 곁으로 송인섭이 다가왔다.

"어때?"

"형이 준비한 거야?"

"기획 송인섭, 연출 송인섭, 섭외는 진주 씨."

"진주가?"

강찬의 시선이 여진주에게로 향하자 그녀가 헤헤, 웃었고 송인섭이 말을 이었다.

"응. 찬이 네 주변 사람이 누가 있나 생각해 보니까 내가 아는 건 진주 씨 밖에 없더라고. 그래서 연락했더니 흔쾌히 수락했고."

"두 사람은 어떻게 알고?"

"아, 예능에서 만난 적 있었거든. 안면만 튼 사이였는데 알고 보니 진주 씨가 너랑 인맥이 있더라고. 그래서 연락했지."

강찬에게 해명하듯 빠르게 말을 쏟아낸 송인섭은 그렇지? 하는 눈으로 여진주를 바라보았고 여진주 또한 빠르게 고개를 끄덕였다.

두 사람의 귀여운 모습에 강찬은 헛웃음을 흘린 뒤 말했다.

"고마워."

"고마우면 나중에 나 한 번 써줘라."

"그럼. 안 그래도 생각 중이야."

"아 진짜?"

"일단 일 얘기는 나중에 하고, 형 말대로 오늘은 놉시다."

말을 마친 강찬이 잔을 높이 들자 여진주와 송인섭 또한 잔을 들어 그의 잔에 건배했다. 유리잔이 부딪치는 청명한 소리와 함께 술을 마신 세 사람은 이야기를 시작했고 그렇게 파티의 밤이 깊어갔다.

파티 이후, 강찬은 일주일 동안 방송 일정을 소화했다.

예능과 토크쇼, 영화 전문 프로그램과 라디오까지. 여러 프로그램에 출연한 강찬은 자신의 이름이 실시간 검색어에 오른 것을 보고도 익숙하게 넘길 수 있게 되었다.

'인간은 적응의 동물이라더니.'

실시간 검색어 1위에 오른 것을 보고 심장이 뛰었던 그는 어디로 갔는지 이제는 별다른 감흥이 들지 않았다.

주변 지인들과 소소한 연락도 하고, 이제는 조금 여유로워진 여진주와 만나 식사를 하기도 하며 일주일이 지났다.

그렇게 모든 방송 스케줄이 끝난 다음 날, 강찬은 홀가분한 기분으로 자신의 회사, 올 타임 미디어의 본사를 찾았다.

올타임 미디어의 본사.

본사라고 부르기에는 작은 규모의 사무실이었지만 강찬의 방이 따로 있었으며 안민영과 윤가람, 그리고 파라가 출근하기에는 충분한 공간이었다.

네 개의 책상이 파티션으로 구분되어 놓여 있었으며 회의실과 탕비실, 그리고 강찬의 편집실 겸 집무실이 있는 구조였다.

"왔어?"

강찬이 출근하자 먼저 출근해 있던 안민영이 손을 흔들며 인사했다.

"좋은 아침입니다. 윤 PD님은요?"

"백중혁 대표님이랑 배급사 관련 업무 보러 외근. 오늘 매니저 면접 보러 한 명 오는데, 직접 할래? 아니면 내가 할까."

안민영과 윤가람이 해야 할 일은 앞으로 더 많아지면 많아졌지 줄지는 않을 것이다. 그런 와중에 강찬의 스케줄까지 전부 관리할 수는 없으니 매니저가 필요했다.

마음 같아서는 돌아오기 전, 알고 있던 매니저 중 능력 있는 이들을 스카웃 해오고 싶었지만 그러기에는 시간이 모자란 상황.

그래서 안민영에게 매니저를 구해 달라 했고 오늘 면접을 보러 오기로 한 것.

"제가 직접 볼게요."

"그럴 줄 알고 강 감독 책상 위에 이력서 올려놨어."

안민영이 손가락을 튕기며 답하자 강찬이 미소를 흘렸다.

"감사합니다."

편집실 겸 집무실에 들어온 강찬이 메일을 확인한 후 테이블에 놓인 이력서를 훑으려 할 때.

똑똑, 하는 노크 소리가 들렸다. 강찬이 이력서를 내려놓으며 들어오라 말하자 파라가 문을 열고 들어오며 한국어로 말했다.

"일을 따왔습니다."

어설픈 한국어에 강찬의 눈이 동그래졌다. 그러자 그녀가 당황하는 눈을 하며 영어로 물어왔다.

"틀렸나요? 광고 제의가 들어왔다는 말이었는데."

"아뇨 맞긴 한데…… 누구한테 배운 말입니까?"

"안 PD님이요."

그녀의 대답에 짧게 한숨을 흘린 강찬이 고개를 저었다.

"한국어 배우고 싶으시면 제대로 된 학원에서 배우는 게 나을 겁니다. 슬랭(slang, 비속어, 은어)부터 배우기 시작하면 나중에 힘들어요."

"제가 한 말이 슬랭이었어요?"

"제대로 된 말은 아니었죠. 그건 그렇고, 광고 제의라도 들어왔나요?"

일 이야기가 나오자 파라의 눈이 반짝였다. 그녀는 품에 안고 있던 서류 뭉치를 강찬의 앞에 내려놓았다.

이번 서류 또한 강찬의 엄지 한마디만 한 두께. 읽기 전부터 질리는 기분이 드려 할 때, 파라가 서류 뭉치 위에 손을 얹으며 말했다.

"리바이스에서 협찬받았던 거 기억하시죠?"

미국에서 'TWO BASTARDS' 촬영 당시, 미국 리바이스에서 청바지를 협찬받은 적이 있었다.

"그럼요."

"그 이후에 감독님이 유니버설하고 한다, 휴고 위빙과 다음 작을 같이 한다 등 기사가 많이 났잖아요? 그러니까 계약 하나로 끝내긴 아쉬웠는지 슬슬 밑밥을 깔더라고요."

그녀의 억양을 듣고 있다 보면 남미의 슬럼가가 떠올랐다. 마치 영화에 나오는 남미 카르텔들의 말투를 듣고 있는 기분이랄까.

그렇다고 일 이야기 중 대뜸 고향을 물을 순 없는 노릇. 강찬이 고개를 끄덕이자 파라가 말을 이었다.

"그래서 몇 번 찔러봤더니 덥석 물더라고요."

말을 마친 파라는 강찬이 무어냐 물어주길 바라는 눈으로 그의 눈을 빤히 바라보았다. 그녀의 눈길을 받은 강찬은 헛웃음을 흘리며 물었다.

"어떤 제안입니까?"

"'TWO BASTARDS' 클립을 따서 광고로 사용하고 싶대요. 영화 광고 겸 자기네들 청바지 광고도 하겠다는 거죠."

그녀의 말에 강찬이 고개를 끄덕였다. 나쁘지 않은 제안이다. 이미 촬영이 끝난 영화기에 따로 신경 쓸 것도 없고 영상 몇 개만 편집해서 건네면 될 터.

"좋네요."

"그렇죠?"

"아주 잘하셨습니다."

강찬의 칭찬에 파라가 얼굴 가득 미소를 지으며 가슴을 폈다. 확실히 광고 쪽으로 소질이 있는 모양. 그녀의 미소를 바라보던 강찬의 머릿속에 좋은 아이디어가 떠올랐다.

"파라."

"네."

"그 건은 파라가 다 맡아주실 수 있나요?"

"예?"

"리바이스 측에서도 어차피 외주 줘서 광고 제작할 텐데 그것보다는 우리 쪽 사람이 하는 게 낫잖아요? 어차피 급한 것도 그쪽이니 주도권 잡고 살살 구슬리다 보면 광고 제작도 우리 측에서 할 수 있을 것 같은데."

강찬의 말에 파라가 멍한 얼굴로 고개를 끄덕였다.

그렇게만 된다면 더할 나위 없이 좋은 것은 맞다. 파라의 커리어에 그럴듯한 이력이 한 줄이 추가되는 것은 물론이거니와 잘 되기만 한다면 영화의 홍보 또한 확실히 해낼 수 있을 터.

곧 생각의 정리가 끝난 파라가 양손을 가슴께로 모으며 물었다.

"그래도 될까요?"

"할 수 있죠?"

"그럼요. 맡겨만 주세요!"

파라가 이 일을 잘 처리해낸다면 강찬이 차린 회사, ATM의 이미지 또한 각인시킬 수 있을 것이었다.

벌써 어떻게 일을 진행할지 아이디어가 떠오르기 시작하는지 멍한 눈으로 하늘을 올려보던 파라는 늘어놓았던 서류를 챙기기 시작했다.

"예. 그럼 부탁드리겠습니다."

"열심히 할게요!"

그렇게 파라가 편집실을 떠나자 강찬의 얼굴에 미소가 번져 나갔다.

지금 강찬에게 필요한 것은 시간도 돈도 아닌 인재다. 이번 건으로 파라가 ATM의 AD 디렉터로 완벽히 자리 잡을 수 있다면 금상첨화가 따로 없는 상황.

거기에 영화의 광고까지 할 수 있는 것을 생각하면 일거양득, 그 이상의 효과를 볼 수 있을 것이었다.

파라가 나간 후, 강찬이 편집을 하는 사이, 그의 핸드폰이 메시지가 왔음을 알렸다.

-면접 볼 사람 왔는데, 시간 괜찮아?

　안민영에게서 온 메시지. 강찬은 '괜찮아요. 들여보내 주세요.' 하고 문자를 보냈다. 그리고 3분 정도 지나자 덩치 큰 사내 하나가 문을 열고 들어왔다.

　두꺼운 터틀넥 스웨터를 입었음에도 드러나는 단단한 체구와 구릿빛 피부가 인상적인 사내는 강찬과 눈이 마주치자마자 자신을 소개했다.

　"안녕하십니까. 유정훈이라 합니다."

　나이는 스물여덟. 체대 졸업 후 부사관으로 4년을 복무한 뒤 1년간 매니저 일을 하다 이번에 소속사를 옮기며 ATM에 면접을 보러 온 것이었다.

　특이 사항으로는 청소년 국가대표 태권도 선수였다는 것.

　"반갑습니다. 강찬입니다."

　악수할 때 느껴지는 굳은살이 인상적이었으며 손의 크기 또한 강찬보다 반 뼘은 컸다.

　"앉으시죠."

　"네."

　"이력서를 보니 중사로 전역하셨네요."

　"그렇습니다."

"왜 전역하셨나요?"

생각 외로 직설적인 질문이었는지 유정훈이 강찬과 눈을 맞추었다가 이내 허리를 펴며 답했다.

"군에 입대한 계기 자체가 돈을 벌기 위한 것이었습니다. 물론 적성에 맞았다면 조금 더 있었겠지만, 생각보다 안 맞았고, 목표한 금액을 모아 전역했습니다."

지극히 현실적인 이유. 고개를 끄덕인 강찬이 물었다.

"그럼 매니저는 적성에 맞는다 생각하시나요?"

"예. 누군가를 뒷바라지…… 는 좀 그렇군요. 관리…… 그러니까 제가 매니징하는 사람이 성장하고 잘 되어가는 모습을 보는 게 즐거웠습니다."

매니저 업계에 종사하는 이들에게 물어보면 백이면 구십은 '내가 매니저를 할 줄은 몰랐다.'라고 말한다.

어쩌다 보니 매니저 일을 하게 되었고 또 하다 보니 적성에 맞거나 담당하는 스타와 죽이 잘 맞아 계속하는 경우가 대부분이다.

'특이하네.'

그의 말에 고개를 끄덕인 강찬은 다시 한번 이력서를 훑으며 물었다.

"동생이랑 나이 차가…… 14살이나 나네요. 동생과 사이는 어떠신가요?"

동생의 이야기가 나온 순간, 유정훈의 입가에 미소가 걸렸다.

"제가 중학생 때부터 똥 기저귀 갈아주고 목욕시키면서 키운 동생이라 사이는 아주 좋습니다."

"그렇군요."

동생에 관한 이야기가 나오자마자 입가에 미소가 번지는 것을 보아 정말 사이가 좋은 모양이었다.

그 이후, 몇 가지 이야기를 나누어보았으나 딱히 모난 부분이나 모자란 부분이 보이지 않았다.

외려 부사관으로 복무한 경험이 있어서 그런지 책임감이 넘치는 모습을 보여주었고 강찬은 그 부분에 후한 점수를 주었다.

"좋은 시간이었습니다. 일주일 내로 연락드리죠."

"넵. 감사합니다."

다시 한번 악수를 한 뒤 자리에서 일어선 유정훈은 강찬에게 인사를 한 뒤 집무실을 나섰다.

'여름이한테 붙여주면 좋겠네.'

비슷한 또래의 동생이 있으니 이여름의 매니저로 붙여놓으면 잘 케어해 줄 거라는 생각이 들었다.

그가 나간 뒤, 안민영이 들어오며 물었다.

"어때?"

"좋던데요? 여름이 매니저로 3개월 수습 두고, 여름이가 오케이 하면 정식 채용하죠."

"오케이."

강찬의 말을 수첩에 적은 그녀가 말했다.

"후반 작업은 잘 돼가?"

"예. 백중혁 이사…… 아니지. 대표님이 소개해 주신 팀들 실력이 좋더라고요. 두어 달이면 끝날 것 같아요."

한국에 돌아온 이후, 백중혁은 미리 스탠바이 시켜두었던 VFX, 편집, 음향 등의 후반 작업팀을 소개해 주었고 강찬은 그들과 함께 후반 작업을 시작했다.

백중혁은 자신의 손녀인 백현주를 강찬에게 붙여주려 했으나 그녀는 '편집 말고 다른 것도 배워보고 싶다.'라고 말하며 다른 팀의 인턴으로 들어가 공부를 시작했다고 한다.

"그럼…… 3월쯤이면 개봉할 수 있는 건가?"

"좀 더 봐야 알겠지만 3월 말에서 4월 초 사이에 개봉할 수 있을 것 같아요."

마음 같아서는 빠르게 끝내고 개봉을 한 뒤 바로 '지킬 앤 하이드'에 집중하고 싶었다.

하지만 'TWO BASTARDS' 또한 강찬의 자식 같은 영화. 다음 영화가 더 큰 스케일에 주목까지 많이 받는 영화라지만 소홀히 하고 싶진 않았다.

"오케이. 그럼 그렇게 알고 2월 말부터 AD 스케줄 잡을게."

"예. 부탁드리겠습니다."

AD 스케줄, 즉 TV와 인터넷으로 영화 홍보를 시작한다는 소리였다. 안민영이 고개를 끄덕인 뒤 방을 나섰다.

"자, 또 해볼까."

안민영과 윤가람, 두 사람에 파라가 더해지자 영화 외적인 부분에 있어 신경을 쓸 부분이 크게 줄어들었다.

그 덕에 강찬은 영화에만 집중할 수 있게 되었으니 이제 남은 것은 'TWO BASTARDS'의 후반 작업을 완벽하게 끝내는 것뿐.

크게 심호흡을 한 강찬은 후반 작업팀이 보낸 메일을 확인하며 편집을 시작했다.

2007년 3월 11일.

서울 시내에 위치한 멀티플렉스 극장의 VIP 관. 스크린 뒤 준비된 공간에 정장을 빼입은 강찬이 심호흡을 하고 있었다.

그때, 대기실의 문이 열리며 안민영이 들어왔다.

그녀 또한 검은 정장 치마에 와이셔츠를 입고 있었는데 무테안경과 올려서 정리한 머리가 아주 잘 어울렸다.

"힘 좀 주셨네요."

"오늘 좀 괜찮지?"

"예. 누가 보면 선보러 가는 줄 알겠어요."

"……말을 해도."

이제 서른셋. 슬슬 결혼하라는 말이 여기저기서 들려오는 나이다. 결혼에 대한 생각이 없는 것은 아니었지만.

'시간이 있어야 만나지.'

안민영은 자신의 시간을 다 빼앗아가는 원흉을 노려보았고, 그 원흉은 어색하게 웃으며 말했다.

"그만큼 아름다우시다는 말입니다."

"됐어."

말은 됐다 하고 있었지만 예쁘다는 칭찬이 싫지는 않은 기색이었다. 그녀는 대기실에 걸려 있는 거울을 보며 말했다.

"'악당' 시사회하고 개봉한 게 엊그제 같은데 벌써 두 번째 영화 시사회네."

"저는 세 번째입니다만."

"그땐 나 없었잖아."

3월 11일 오늘은 강찬의 두 번째 영화 'TWO BASTARDS'의 프라이빗 시사회가 있는 날이었다.

첫 시사회인 데다 그간 파라와 안민영, 그리고 백중혁 세 사람의 홍보. 그리고 강찬의 전작인 '악당' 거기에 유니버셜 픽쳐스와의 계약까지 호재가 겹치며 대중의 관심은 뜨겁다 못해

활화산 같았다.

영화 평론가와 기자들을 초청하기 위해 신청을 받았는데 여기에 지원한 전문가의 수가 1,000명이 넘었다.

생각 외로 커진 신청 스케일에 영화 홍보를 맡은 파라는 무작위 추첨하는 과정을 녹화해 영상을 올리기도 했다.

"밖은 어때요?"

"초대장 보낸 분들은 거의 다 오셨고, 이제 기자들 입장 중이야. 곧 시작하니까 준비하라는 말하러 왔어."

"그래요?"

"응. 잠깐 나 좀 봐봐."

안민영은 강찬을 자신의 앞에 앉힌 뒤 머리와 옷매무새를 정리해주었다.

"감사합니다."

"그럼 월급이나 올려줘."

강찬이 헛웃음을 흘리는 사이 안민영의 손이 빠르게 움직였고 그의 준비가 끝나갈 무렵, 문이 열리며 스태프가 들어왔다.

"무대 올라가실 시간입니다."

"아, 네."

마지막으로 거울 앞에 서서 자신의 모습을 확인한 강찬이 천천히 고개를 끄덕인 뒤 말했다.

"그럼 조금 있다 봬요."

"응. 잘하고 와."

강찬이 고개를 끄덕이자 안민영이 '화이팅!' 하고 주먹을 쥐었고 강찬은 미소를 지은 뒤 시사회 무대로 향했다.

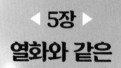

◀ 5장 ▶
열화와 같은

"벌써 세 번째 영화네요. 이번 시사회는 조금 덜 떨리지 않을까 했는데 여전히 떨리네요. 반갑습니다. 'TWO BASTARDS'의 감독 강찬입니다."

강찬의 인사와 함께 박수가 쏟아졌다. 강찬의 인사 이후 강찬과 함께 무대에 오른 배우들의 인사가 이어졌고 모든 배우의 인사가 끝났을 때. 마이크를 든 강찬이 말했다.

"저는 '미지'라는 단어를 참 좋아합니다. 듣기만 해도 가슴이 설레는 단어죠. 그리고 가장 설렐 때는 미지, 즉 알지 못하는 것과 첫 조우할 때입니다. 이를테면…… 지금 시사회를 찾아주신 여러분들이 제 영화 'TWO BASTARDS'를 만나는 그런 때죠."

강찬은 마이크를 입에서 땐 뒤 스크린을 가리켰다. 그러자 스크린에 불이 들어왔고 올타임 미디어의 로고가 떠올랐다.

"그렇기에 영화에 관한 소개는 하지 않겠습니다. 티저 영상조차 보지 않은 여러분이 미지와 조우하는 그 순간을 방해하고 싶지 않거든요. 그럼 즐거운 시간 되시길 바랍니다."

강찬이 고개를 숙여 인사하자 다른 배우들 또한 자리에서 일어서 함께 인사했다. 인사가 끝나자 모든 배우와 강찬이 무대에서 내려가 자신의 자리로 돌아갔고.

ALL TIME MEDIA.

BAEK FILM STUDIO.

제작과 배급에 참여한 회사들의 로고가 떠오른 뒤, 영화가 시작되었다.

연정석이 연기한 '권중희'와 정희성이 연기한 '안백'이 한국으로 향하는 배에 올랐다. 그와 동시에 앵글이 페이드 아웃되며 항구 전체를 비추었고 배가 손톱만큼 작아졌을 때, 'TWO BASTARDS' 제목이 떠오르며 영화가 끝났다.

그리고 엔딩 크레딧이 올라가기 시작할 때.

'BGM 좀 더 신경 쓸걸.'

강찬이 아쉬움이 담긴 숨을 내쉬었다. 영화 자체는 강찬이 지금껏 만든 어떤 영화보다 좋다 자신할 수 있었다.

하지만 아쉬움이 남는 것은 어쩔 수 없었다.

'악당 때처럼 에일렌과 같은 가수에게 부탁해 OST를 따로 제작했다면 어땠을까.' 하는 생각이 들었지만, 더 채워 넣을 공간이 없었다.

그래도 엔딩 크레딧이 올라가는 것을 보자 드디어 영화 제작이 끝났다는 성취감과 안도감, 그리고 어떤 반응이 올까에 대한 기대감까지 복합적인 감정이 차올랐다.

강찬이 살짝 눈을 감았을 때, 누군가 정적을 깨며 손뼉을 쳤고 곧 모든 관객이 함께 손뼉을 치기 시작했다.

손뼉을 치는 것만으로는 표현이 모자랐는지 몇몇 이들이 일어서서 손뼉을 치기 시작했고 그에 뒤질세라 모든 관객이 일어서 박수를 쳤다.

기립박수.

영화감독에게는 최고의 찬사나 다름없는 박수갈채가 강찬을 향해 쏟아졌다. 영화관 내부에 크게 울리는 박수 소리만큼 크게 뛰는 심장박동을 느낀 강찬은 자리에서 일어서서 무대에 올랐다.

박수는 극장의 불이 전부 켜지고 강찬이 무대에 올라 인사를 한 뒤, 스태프가 가져다준 의자에 앉을 때까지 계속되었다.

강찬이 마이크를 쥐자 박수 소리가 점점 멎어 들었고 강찬이 말문을 열었다.

"미지와의 조우는 즐거우셨나요?"

강찬의 물음에 관객석에서 "예, 즐거웠습니다!" 등 우렁찬 대답이 튀어나왔고 강찬의 입가에는 미소가 번졌다.

"한 분 한 분 마이크를 드리고 소감을 듣고 싶은 게 감독의 마음이지만 시간 관계상 그럴 수 없다는 게 너무 아쉽네요."

자식과 같은 작품이 열화와 같은 성원을 받는 것은 짜릿하다 못해 눈물이 날 정도로 기뻤다. 정말 마음 같아서는 한 명씩 붙잡고 칭찬을 듣고 싶은 심정이었지만 그럴 수는 없는 노릇.

"일단 감사하다는 말씀 먼저 드리겠습니다. 제 영화로 이토록 즐거워해 주시는 여러분을 보니 저 또한 즐겁네요."

강찬은 허리를 숙여 인사한 뒤 다시 마이크를 쥐었다.

"그럼 질의응답 시간으로 넘어가겠습니다. 시간은 충분하니 맨 앞줄부터 진행하도록 하죠. 영화에 대해서 궁금한 점이 있으신 분은 자유롭게 손을 들어주시길 바랍니다."

강찬의 말이 끝나자 맨 앞줄에 앉아 있는 10명 중 8명이 손을 들었다. 강찬은 입가에 번지는 미소를 감추지 못한 채 입꼬리를 씰룩이며 말했다.

"제일 왼쪽에 앉으신 분."

스태프가 그에게 마이크를 가져다주자 구레나룻이 인상적인 사내가 마이크를 들고 일어서며 말했다.

"안녕하세요. 영화감독 강호준입니다. 영화 정말 재미있게 잘 봤습니다."

"감사합니다."

"그럼 바로 질문드리겠습니다. 지금까지 개봉한 영화 중, 독립투사가 미국에서 활동하는 내용은 없었는데, 따로 영감을 받은 작품이 있으십니까?"

바로 생각난 것은 놈놈놈이었다.

하지만 놈놈놈은 2008년, 그러니까 1년 뒤에나 개봉할 영화니 언급할 수 없었다. 강찬은 어쩔 수 없이 천재가 되기로 마음먹었다.

"따로 없습니다. 시대극을 그리고 싶다는 생각에 제일 먼저 생각이 난 소재가 독립투사였고 흔하지 않은 소재와 시기를 합치다 보니 '독립을 위해 미국으로 향한 독립투사'라는 소재가 탄생한 것 같네요."

강찬의 대답에 강호준 감독이 고개를 끄덕인 뒤 감사하다는 말과 함께 옆 사람에게 마이크를 넘겼다.

"CBS 소속 기자, 오윤주입니다."

"예. 반갑습니다."

"출연진의 과반수가 신인인데 이런 식으로 출연진을 꾸린 이유가 있으신가요?"

"저의 첫 상업 영화인만큼 티켓 파워가 강한 배우들의 힘을 빌리고 싶지 않았습니다."

자신감 가득한 강찬의 말에 좌중이 술렁였다. 어찌 보면 오만해 보일 수도 있는 말. 하지만 말한 사람이 강찬이었기에 반박할 말이 없었다.

방금 본 'TWO BASTARDS'로, 그리고 '악당'으로 그는 티켓 파워가 있는 배우가 아닌 신인으로도 충분히 흥행할 수 있다는 것을 보여주고 있었다.

이미 21살의 나이로 500만이 넘는 흥행작을 만들었으며 이번 영화 'TWO BASTARDS'는 그 이상의 흥행을 보일 것이 분명한 상황.

"그렇군요. 그러면 다음 작품에서 할리우드의 보증수표나 다름없는 휴고 위빙을 캐스팅한 건 어떻게 된 건가요?"

"제 자존심을 세우는 건 한편으로 충분하다고 생각합니다. 다음 작품부터는 ATM이나 백 영화사뿐만 아니라 '유니버설 픽쳐스'와 함께 할 영화이며 제작비 또한 이번 영화의 몇 배가 들어갈 예정이죠. 그런 영화에 어울리는 배우가 캐스팅되었다고 생각합니다."

강찬의 말에 관객, 그중에서도 노트북을 펴고 있는 기자들의 눈이 커졌다.

지금까지 강찬은 유니버설과 일할 것이라는 소문을 부정도 긍정도 하지 않고 있었다. 한데 지금 이 자리에서 확언을 한 것.

'지금이 적기지.'

첫 시사회가 끝난 직후, 모든 이들의 이목이 집중되는 지금 터뜨리는 게 가장 파급력이 클 것이라 생각해 지금까지 아껴둔 것이었다.

질문을 한 기자 또한 빠르게 이 소식을 알려야겠다고 생각했는지 곧바로 옆 사람에게 마이크를 건네며 자리에 앉아 노트북을 폈다.

그 모습에 헛웃음을 흘린 강찬은 그 옆자리에 앉은 사람을 바라보며 말했다.

"그럼 다음 분."

영화 상영이 끝나고 거의 2시간가량 간담회가 진행되었다. 강찬은 모든 질문에 성심성의껏 대답해 주었고 시사회가 끝난 그 순간부터 기사들은 인터넷을 점령하기 시작했다.

['TWO BASTARDS' 눈이 부실 정도로 화려하다.]

['우리들' '악당'의 감독 강찬의 신작. 'TWO BASTARDS'이 드디어 베일을 벗다.]

수많은 기사 중 훑던 중, 강찬의 눈을 끄는 제목이 있었다.

[두 개의 단어로 가슴을 두근거리게 할 수 있는 방법. 강찬 감독의 'TWO BASTARDS']

강찬.

대중들에게는 익숙하지 않은 이름일 수 있다. 하지만 영화계에 종사하는 이들이라면 한 번쯤은 들어보았을 이름이다.

강찬 감독은 19살의 나이로 미래대 단편제 대상 수상을 시작으로 화려한 데뷔의 서막을 올렸으며 이듬해 제작한 '악당'으로 '선댄스 영화제'에서 월드 시네마 부문 심사위원 대상을 받은 감독이다.

'악당'이라는 제목은 익숙할 것이다.

대한민국 국민의 10% 이상이 관람한 영화(최종 관객 집계는 514만 9,421명)이기 때문. 그뿐 아니다.

악당의 개봉 전·후로 예능과 토크쇼를 오가며 강찬 감독이 지닌 예능감과 천재성을 가감 없이 뽐냈기에 TV를 즐겨 보는 이라면, '아 그 사람?' 할 수 있을 것이다.

그런 강찬 감독이 돌아왔다.

그것도 악당 이후 1년 만에. 더욱 큰 스케일, 더욱 화려한 연출, 더욱 치밀해진 플롯, 더욱 짜릿해진 영상미로 말이다.

영화 'TWO BASTARDS'의 관람 포인트는 총 3가지. 그 중 첫 번째는 '캐릭터다.' 그 이유는……

(중략)

그의 영화는 폭주 기관차처럼 쉴 새 없이 내달리지만, 기차는 절대 선로를 벗어나지 않는다. 목적지에 다다를수록 빨라지는 속도에 '어떻게 될 것인가.' 하는 기대감이 영화의 러닝타임인 121분 내내 유지된다.

2시간이 넘는 러닝타임이지만 지루하다는 생각은 전혀 들지 않았다. 되려 '분명 2시간이라는데 왜 이렇게 짧지? 프라이빗 시사회라 다 안 보여주는 건가?' 하는 생각이 들어 시계를 확인하고 나서야 2시간이 지났음을 알 수 있었다.

이런 생각을 하는 사람은 비단 본 기자뿐만이 아닐 것이었다.

그 방증으로 나를 비롯한 기자들과 평론가, 그리고 불세출의 감독과 배우들이 영화가 끝남과 동시에 기립박수를 치며 영화에 대한 감탄을 쏟아냈으니.

이 영화를 한마디로 정리하자면 '시작'이라 할 수 있겠다. 천재라는 수식어가 무색할 정도로 어마어마한 재능을 가지고 여과 없이 뿜어내는 감독, 강찬이 써 내려갈 대서사시의 시작.

게다가 강찬 감독은 이번 영화를 통해 할리우드의 대형 메이저 제작사, 유니버셜 픽쳐스와 계약을 했으며 차기작의 주인공으로 휴고 위빙을 캐스팅하는 데 성공했다.

아무런 커리어가 없는 배우들로도 이런 명작을 보여준 감독에게 대형 배급사의 자본과 할리우드가 보증하는 배우들, 그리고 스태프들이 붙는다면 어떻게 될까?

상상하는 것만으로 소름이 돋는 것은 본 기자뿐이 아닐 것이라고 생각한다.

-시네마 24, 정승아 기자.

기사를 전부 읽은 강찬이 와, 하는 탄성을 뱉었다.

"이야…… 정승아 기자 필력 좋네요."

"그렇지? 나도 보고 놀랐어."

시네마 24의 기자에서 리포터로 전향한 이후 기사를 안 쓰고 있는 줄 알았더니 시네마 24의 외부 기자로 간간이 기사를 쓰고 있는 모양이었다.

"호평 일색이야."

정승아의 기사 외에도 수많은 기사가 쏟아져 나오고 있었다.

프라이빗 시사회에 참여한 기자들과 평론가들이 써 내린 기사들을 바탕으로 궁금증을 유발하는 기사들이 퍼져 나가고 있었다.

거기에 시사회에 참가했던 배우들과 감독들의 인터뷰까지

더해지자 포털 사이트 검색어 순위의 1위부터 5위까지가 전부 강찬과 'TWO BASTARDS'에 관한 검색어로 도배되었다.

한참 인터넷을 보던 강찬은 의자에 머리를 기댔다.

"이거 진짜 천만 가능할지도 모르겠는데요."

"그치? 나도 설레발 치기 싫어서 말 안 하고 있었는데 그럴 수 있을 것 같아."

천만.

두 글자에 강찬의 심장이 거세게 뛰었다. 영화의 신에게 선택을 받아야만 달성할 수 있다는 천만 관객의 고지가 눈앞에 보이는 듯했다.

'아직 개봉도 안 했는데 무슨……'

이제 개봉까지 남은 시간은 3주하고 나흘. 이제 화살은 쏘아졌다. 남은 것은 홍보뿐. 강찬은 다시 한번 광고 일정을 확인하기 위해 파라에게 전화를 걸었다.

시사회 이후 방송 출연은 하지 않았지만, 그의 스케줄은 항상 가득 차 있었다. 전국 각지에서 열리는 시사회에 참여하고 기자들의 인터뷰에 응했으며 차기작 '지킬 앤 하이드'의 시나리오 수정 작업까지 했기 때문.

그렇게 개봉이 사흘 남았을 때. 강찬의 핸드폰에 국제전화 번호가 찍혔다.

"예."

-미스터 강?

"휴고?"

-예. 잘 지내고 있나요?

"그럼요. 어쩐 일이세요?"

-친구끼리 전화하는 데 이유가 있나요.

강찬이 하하, 하고 웃자 휴고가 근황을 물어왔고 강찬은 그간 있었던 일들을 이야기해주었다. 휴고 또한 휴식기 동안 쪘던 살을 빼며 영화 촬영 준비를 하는 이야기를 해주었다.

그렇게 대화를 하던 중, 휴고가 말했다.

-이제 2시간 뒤 비행기로 한국으로 가요.

"……예?"

-강의 영화 'TWO BASTARDS'가 미국에서 개봉하려면 몇 달은 남았잖아요? 그 시간을 견딜 수가 없어서요. 한국 관광도 하고 싶고 할 말도 있고요.

묘한 텀 뒤에 붙은 말이 강찬의 뇌리에 박혔다.

"할 말이요?"

-예. 그건 한국에 가서 이야기하도록 하죠. 원래 메인 디쉬는 애피타이저 뒤에 나오는 법이니까요.

"예. 그러죠. 그럼 공항으로 마중 나갈게요. 몇 시에 도착하세요?"

강찬은 그의 일정을 들은 뒤 전화를 끊었고 곧 눈을 크게 떴다.

'그러고 보니 휴고가 방한한 적이 있던가.'

아무리 생각해봐도 없다.

그런데 영화의 홍보도 아니고, 강찬을 만나기 위해, 단 하나의 이유만으로 한국에 온다니.

'이거……'

휴고를 이용해 확실히 홍보할 기회다. 매스컴에 노출된 휴고가 '친구의 영화를 보기 위해 한국으로 왔다.'라는 말 한마디만 해도 'TWO BASTARDS'를 전 세계에 홍보할 수 있을 터.

강찬은 입술을 잘근 씹은 뒤 안민영에게 문자를 보냈다.

-'TWO BASTARDS' 영어 자막 좀 만들어주세요. 돈 좀 들어도 되니까 하루 안으로.

그러곤 파라에게도 문자를 보냈다.

-휴고 위빙, 방한 예정. 자연스럽게 매스컴에 노출 시키고 홍보 효과 최대로 낼 방법 부탁해요.

두 개의 문자를 보낸 강찬의 입가에 미소가 번졌다. 휴고까지 그의 영화 홍보에 합세해 준다면.

'천만, 가능할지도 모른다.'

적게 잡아도 백 명은 넘을 법한 기자들이 카메라를 들고 출입국장을 가득 채우고 있었다. 강찬 일행이 미국 촬영을 마치고 돌아왔을 때도 이 정도 수의 기자가 몰리진 않았었다.

"이게 클래스라는 거겠죠."

"클래스?"

"뭐랄까, 등급이요. 휴고 위빙이 한국에 들어온다는 사실 단 하나만으로 이렇게 많은 사람이 모인 거잖아요."

안민영은 의아하다는 듯 주변을 가리키며 말했다.

"강 감독이랑 인터뷰하고 싶어 하는 기자들은 눈에도 안 들어오나 봐?"

"그거랑은 다르죠."

아닌 게 아니라, 강찬 주변에도 꽤 많은 기자가 진을 치고 있었다. 휴고가 입국하는데 강찬이 공항을 찾았다는 것은 무언가 접점이 있는 게 분명했으니까.

하지만 강찬은 모든 인터뷰를 거절하며 휴고가 들어오기만을 기다리고 있었다.

"뭐가 달라?"

"휴고 위빙이라는 사람 때문에 제가 주목받는 거잖아요?"

"……글쎄. 강 감독 말대로 강 감독도 클래스가 있으니까 인터뷰를 하려고 하는 거 아니겠어?"

강찬은 어깨를 으쓱이고 말았다. 언젠가, 아니 멀지 않은 훗날에는 이 상황을 반전시키고 싶었다.

할리우드에 내로라하는 배우들보다 더 높은 인기, 그리고 스타성을 가진 감독이 되어 모두의 주목을 받는 것.

'쉽진 않겠지.'

감독이라는 직업 자체가 스크린 뒤에 있는 사람이기에 대중의 관심을 받기가 쉽지 않다. 얼굴을 내비치질 않으니 대중적인 인기를 구가하기 힘들기 때문.

강찬이 짧게 혀를 찰 때, 입국장의 게이트가 열리며 검은 양복을 입은 사내들이 우르르 몰려나왔다.

"왔네요."

휴고의 가이드 겸 보디가드들이 나와 길을 트자 그 사이로 휴고의 얼굴이 보였는데 그는 혼자가 아니었다.

"어?"

"저 사람, 유니버셜 사람 아니야?"

"맞아요. 헤르무트 슈바르첸벡."

휴고의 옆에 술톤의 독일인, 헤르무트가 서 있었다. 그는 카메라 플래시 세례가 부담스러운지 선글라스를 꺼내 쓴 뒤 보디가드들의 뒤로 얼굴을 숨겼다.

그 사이, 휴고는 여유로운 얼굴로 손을 흔들며 기자들에게 인사를 건네고 있었다.

"저 사람이 왜 왔을까?"

"글쎄요. 일단 가죠."

강찬이 걷기 시작하자 강찬 주변에 있던 보디가드들 또한 그와 함께 걷기 시작했다. 강찬이 휴고를 향해 걷는 것이 포착되자 잠잠해졌던 기자들의 플래시가 다시 불을 뿜었고.

"오랜만입니다."

"그러게요. 네 달 만인가요?"

강찬이 손을 건넸지만, 휴고는 악수 대신 포옹으로 반가움을 표현했다. 미소를 지은 강찬이 그와 인사를 나눈 뒤 헤르무트에게도 손을 건넸다.

"좋은 연출이네요."

강찬의 말에 헤르무트는 코웃음을 흘리며 고개를 숙였다가 이내 다시 강찬을 바라보며 악수를 했다.

"우리 유니버설은 섬세하기로 유명하니까요."

"그래 보이네요."

헤르무트가 강찬을 만나기 위해 한국에 올 것이었다면 굳이 휴고와 함께 등장할 필요가 없었다.

혼자 몰래 들어오는 편이 훨씬 편할 것인데 굳이 두 사람이 함께 등장한 이유는 간단하다.

이슈로 만들기 위해서.

휴고와 함께 들어온 이상 그의 신분이 알려지는 것은 시간 문제고 또, 그와 강찬이 사이좋게 인사를 하는 사진 하나만으로 적지 않은 홍보 효과를 낼 수 있을 것이었다.

그것을 위해 휴고와 함께 한국에 입국해 강찬과 인사를 나누는 것이다.

"일단 포토 타임부터 갖죠."

"그러죠."

강찬과 휴고, 그리고 헤르무트는 기자들 앞에 선 채 포토 타임을 가졌고 인터뷰를 요구하는 기자들에게 '곧 인터뷰 시간을 갖겠다. 오늘은 휴고가 피곤해 불가능하다.'라는 말을 남긴 채 공항을 떠났다.

서울로 향하는 차 안, 강찬이 두 사람에게 물었다.

"비행은 어떠셨어요?"

"아주 좋았어요. 유니버설에서 퍼스트 클래스를 지원해줬거든요."

그의 말에 강찬의 입가에 미소가 번졌다. 애초에 휴고가 한국을 찾은 것마저도 홍보의 일환이었던 모양.

"헤르무트의 생각인가요?"

"메인 디렉터의 지시였습니다."

메인 디렉터라면 안토니 갤리웍스. 고개를 끄덕인 강찬이 말을 이었다.

"편하게 오셨다니 다행이네요. 그럼 바로 식사하러 가실까요? 아니면 호텔로?"

헤르무트는 휴고를 바라보았고 강찬의 시선 또한 휴고에게로 향했다. 그러자 휴고는 흠, 하는 소리와 함께 말을 이었다.

"식사라는 말을 꺼내신 걸 보니 좋은 식당이 있나 보군요. 식사부터 하죠. 나누고 싶은 이야기도 있고."

"저도 그렇게 하겠습니다."

그들의 말에 강찬은 안민영에게 사인을 보냈다. 그러자 안민영은 운전 기사에게 말해 목적지를 정한 뒤 식당에 전화를 걸어 예약을 잡기 시작했다. 그 사이 강찬이 두 사람에게 말했다.

"두 분 다 한국은 처음이시죠?"

"예."

"그렇습니다만."

"잊지 못할 추억을 만들어드리겠습니다."

강찬의 입가에 걸린 미소를 본 두 사람은 묘한 불안감인지 기대감인지 모를 감정을 느끼며 고개를 끄덕였다.

　강찬은 서울 내에서도 이름난 한식당으로 이들을 안내했
다. 서양의 코스요리와 다르게 한 상 가득 올라온 음식의 향
연에 놀란 것도 잠시 음식의 향과 빛깔에 매료된 두 사람은 정
신없이 식사를 했다.

　"한 장씩만 찍으면 되겠죠?"

　"예."

　카메라를 들고 온 파라가 그들의 사진을 찍으며 식사에 동
참했다. 미리 양해를 구하고 인사까지 마친 상태였지만 그래
도 식사를 하는데 사진을 찍는 건 실례라 생각해 딱 두 장의
사진만 찍었다.

　이 정도면 홍보용으로 충분할 터.

　만족스러운 식사가 끝나갈 무렵, 파라가 강찬에게 말했다.

　"영어 자막은 완성되었고, 극장 하나를 섭외해 상영하려 하
는데요. 이왕 하는 거 영어 자막 시사회로 여는 건 어떻게 생
각하세요?"

　강찬과 두 사람만 있는 자리가 아닌, 휴고와 헤르무트 두 사
람도 함께 있는 자리였다. 강찬의 시선이 자연스럽게 두 사람

에게로 향했다.

"휴고는 어떻게 생각하십니까?"

"저를 위해 자막을 만들어주신 것만으로도 감사하죠. 그리고 영화 관람은 많은 사람과 함께 할수록 좋으니 전 상관없습니다."

휴고가 괜찮다고 말하자 헤르무트가 고개를 끄덕였다. 이쯤 되니 아예 강찬의 홍보를 돕기 위해 한국에 온 게 아닌가 하는 생각이 들 정도.

"그럼 준비되는 대로 말씀해주세요."

"네. 식사 즐거웠어요."

식사를 마친 파라는 외국에서 온 두 사람과 악수를 나눈 뒤 먼저 일어섰다. 그때, 안민영이 '잠시만'이라는 말과 함께 파라를 따라 나갔고, 그 사이 종업원들이 들어와 상을 치우고 후식을 내왔다.

"후. 강의 말이 맞네요. 평생 잊을 수 없을 만큼 많은 양, 그리고 맛있는 식사였어요."

휴고가 부른 배에 손을 얹으며 말했고 헤르무트가 거기에 동의했다. 후식으로 나온 전통 유과를 집어먹으며 잠시 대화를 나누던 강찬은 헤르무트를 바라보며 물었다.

"슬슬 본론으로 넘어갈까요."

방금까지 걸신이라도 들린 듯 전통 유과를 집어먹던 헤르무트는 강찬의 시선을 느꼈는지 흠흠, 하는 헛기침과 함께 말했다.

"이거 꽤 맛있군요. 이름이 뭡니까?"

"유과라 하는데, 종류가 좀 많습니다. 방금 드신 건 쌀강정입니다."

쌀강정이라는 발음이 좀 어려운지, '쌀…… 쌀……;' 하던 그는 이내 고개를 저었다. 그러곤 물수건으로 손과 입을 닦더니 고개를 끄덕였다.

"나중에 한 번 더 물어보겠습니다."

"예."

과연 프로라 해야 할지 선을 긋는 걸 잘한다 해야 할지. 헤르무트는 미국에서 보았던 그 서류 가방을 자신의 옆으로 끌어오며 말을 이었다.

"강, 당신의 시나리오는 좋습니다. 사건의 템포도 좋고 엔딩 장면의 구성 또한 완벽했죠. 하지만 당신이 말한 대로 중요한 것 몇 가지가 빠져 있었습니다. 이를테면 여기 있는 휴고가 연기할 '지킬'의 능력이라거나, 빌런으로 등장할 상대의 배경이라던가."

유니버셜에 시나리오를 보낼 때 강찬이 직접 기재한 내용이었다. 말 그대로 초고의 완성이었기에 부족한 부분이 많았고, 저들이 지적하기 전 강찬이 미리 선수를 쳐두었던 내용.

"그런 부분에 대한 디테일이 확실히 되었는지도 확인해야 하고, 당신의 영화도 한 번 보고 싶고 하는 마음에 한국으로 온 겁니다."

강찬은 목 끝까지 올라온, '그게 끝은 아닐 것 같은데요.'를 억지로 밀어 넣었다. 유니버셜은 만만한 회사가 아니다.

이토록 잘해주는 데는 분명 이유가 있을 터. 게다가 제대로 말을 하지 않는 게 휴고가 아닌 자신과 따로 만나 할 이야기가 있는 듯 보였다.

강찬은 더 캐묻는 대신 고개를 끄덕인 뒤 화제를 돌렸다.

"며칠 정도 있다 돌아가십니까?"

"일주일 정도는 있지 않을까 싶습니다."

일주일. 꽤 긴 일정이다. 강찬만 만나기에는 여유롭다 못해 시간이 철철 넘치는 상황. 강찬 건 외의 다른 볼일이 있을 것이라는 생각이 들었다.

"그렇군요. 만약 관광이 필요하시다면 언제든 말씀해주십시오. 가이드를 붙여드리겠습니다."

"감사합니다만, 저도 일정이 있는지라."

원하는 대답까진 아니어도 어느 정도 윤곽은 잡혀가고 있었다. 좀 더 이야기해 보면 뭔가 나오겠지, 하고 생각한 강찬은 휴고를 바라보며 물었다.

"휴고는 어떻습니까?"

"전 말 그대로 관광을 위해 온 거예요. 이제 곧 강과 영화 촬영에 들어가면 적어도 1년은 쉴 시간이 없을 테니까요."

강찬의 현장에 밥 먹듯 출근한 휴고다. 스케줄 안에서는 휴식 시간마저 자신의 관리 아래 두며 빡빡하게 시간을 사용하는 강찬의 촬영 스타일을 알고 있는 그의 말이었기에 반박할 수도 없는 노릇.

멋쩍게 웃자 휴고가 말했다.

"첫 목표는 강의 영화를 보는 거니 그 이후는 그때 가서 생각하죠."

관광이라면 굳이 급하게 움직일 필요가 없다. 강찬이 미소를 띤 채 고개를 끄덕일 때 휴고가 말을 이었다.

"그나저나 영어 자막은 원래 준비하고 있었나요?"

"아뇨. 휴고가 온다는 연락을 받고 저 친구가 만들기 시작한 겁니다."

"……제가 잘못 들었었나요? 완성되었다고 한 것 같은데."

"예. 방금 보셨던 파라, 그 친구의 능력이 꽤 좋거든요."

하루 만에 영어 자막을 만들어낸다는 건 말이 되지 않는다. 아마 여러 명의 번역가를 구해 파트를 나눈 뒤 빠르게 번역을 시키고, 마지막에 퇴고를 하는 형식으로 자막을 번역했을 터.

이런 방식이라면 하루 안에 완성할 순 있다.

완성도가 조금 떨어지긴 하겠지만, 이 일을 맡은 이가 파라라면 적어도 주먹구구식으로 처리하진 않았을 것이었다.

"대단한 사람이네요."

"그렇죠."

보통 영화 자막을 만드는 데 걸리는 시간은 적어도 한 달이다. 영화를 보며 상황과 캐릭터에 어울리는 느낌을 잘 살려야 하기 때문. 그걸 하루 만에 해낸 건 대단하다는 말로는 모자랄 정도의 일이긴 했다.

"자막이 완성되었다니, 그럼 곧 볼 수 있겠군요. 극장 섭외는 언제쯤 될까요?"

"연락을 받아 봐야……"

강찬이 말을 하고 있을 때, 드르륵 소리와 함께 문이 열리며 안민영이 들어왔다.

나간 지 거의 20분이 지난 시점이었기에 무슨 일이 있나 하는 얼굴로 강찬이 그녀의 얼굴을 바라보았다.

안민영은 두 사람에게 먼저 양해를 구한 뒤 강찬에게 말했다.

"윤 PD한테 자막 검수 맡겼고, 내일 중으로 상영관 잡아달라고 했어. 내일 저녁 먹기 전후로 가능할 것 같아."

그녀의 말에 강찬의 눈이 크게 뜨였다.

"……벌써요?"

"응."

빠르게 해달라 했지만, 이 정도로 빠를 거라곤 생각하지 못했다. 어안이 벙벙해진 강찬이 눈을 껌뻑이자 휴고가 무슨 일이냐 물어왔고.

"내일 저녁 먹기 전…… 그리고 먹은 후 중 어느 때 보는 게 편하십니까?"

"뭘요? 영화를요?"

"예."

강찬의 대답에 헤르무트 또한 놀란 기색을 내비쳤다. 두 사람의 대화로 맥락을 파악하고 있었기에 놀란 모양.

"한국 사람들이 빠른 걸 좋아한다는 말을 듣긴 했습니다만 이 정도까지 빠를 줄은 몰랐네요. 내일 저녁에 볼 수 있는 건가요?"

"예. 원하는 시간으로, 팬들과 함께 보실 수 있을 것 같습니다. 물론 공짜는 아닌 거 아시죠?"

"그럼요."

가는 게 있으면 오는 게 있는 법, 한국에서는 갑이 이 과정을 '정'이라는 단어로 포장해 가는 것만 있고 오는 게 없는 경우가 왕왕 있다. 하지만 외국은 더욱 철저하다.

휴고의 말에 미소를 지은 강찬이 말했다.

"인터뷰 하나만 해주시죠. 내일 영화 보고 나서요."

"그렇게 하죠."

두 사람의 대화에 헤르무트가 테이블 쪽으로 몸을 기울였다.

그 제스처에 담긴 의도를 읽은 강찬이 그를 바라보며 말했다.

"헤르무트도 인터뷰 한 번 해주시겠습니까?"

"제 인터뷰가 필요하십니까?"

"아무래도 유니버셜 픽쳐스의 사람이라는 것 자체가 한국에선 신선한 캐릭터니까요. 나와서 휴고와 제가 하는 말에 몇 마디만 덧붙여주신다면 감사하죠."

"대가로 영화를 보여주시고?"

"그렇죠."

"그렇게 하죠."

교섭이 만족스러웠는지 헤르무트가 다시 의자에 몸을 기댔다. 강찬 또한 의자에 몸을 기대며 물었다.

"한국까지 오셨는데 전통주 한 잔씩 하셔야죠. 괜찮으십니까?"

"좋죠."

"예."

두 사람 모두 고개를 끄덕이자 안민영이 소주를 주문했다.

"소주라는 술인데, 러시아로 치자면 보드카고, 미국으로 치자면 맥주 정도 되는 전통 술입니다. 한국 사람들 대부분이 즐기는 술이죠. 가격은 병당 1달러 정도 됩니다."

곧 흰 손수건에 싸인 소주 한 병과 네 개의 잔이 나왔다. 고급스럽게 포장된 초록 병을 본 강찬은 헛웃음을 흘린 뒤 병을 따 안민영과 휴고, 헤르무트 세 사람의 잔을 채워주었다.

"영화의 흥행을 위하여!"

강찬의 건배사와 함께 네 사람이 건배를 한 뒤 잔을 들이켰고, 찌푸려지는 두 서양인의 얼굴을 보며 강찬과 안민영이 실소를 흘렸다.

다음 날 오후 5시.

서울 시내의 대형 극장의 VIP 극장의 앞으로 긴 줄이 늘어섰다.

[휴고 위빙과 함께하는 'TWO BASTARDS' 시회]

"행사 이름 지은 사람 누굽니까?"

"……우리 쪽은 아니야."

입간판을 본 강찬이 안민영에게 물었고, 안민영은 고개를 저으며 답했다. 함께하는 시사회라니…… 짧게 혀를 찬 강찬은 고개를 돌려 길게 선 줄을 보며 말했다.

"이 사람들이 하루 만에 모인 건가요?"

"응. 어제 결정된 이벤트잖아. 응모 받고 추첨하고 할 시간이 없어서 선착순 100명으로 끊는다고 홍보했거든."

대충 봐도 100명의 배는 될법한 사람들이 줄을 서 있었다. 진행요원들이 돌아다니며 새치기를 단속하고 번호표를 나누어주고 있는 게 보였다.

"아쉽네."

"어쩔 수 없지. 휴고랑 헤르무트?"

"둘 다 대기실에요. 아주 죽을상이던데요."

"……술을 그렇게 먹고 안 죽은 게 더 용하지. 숙취 해소 약이라도 사다 주지 그랬어."

"안 그래도 하나 가져다줬어요. 이제 곧 시작이니까 한 번 보고 올게요."

"응. 난 타임 테이블 점검하고 있을게."

"넵."

이슬로 시작해 안동소주를 거쳐 막걸리와 양주까지. 달이 이제 막 얼굴을 보일 때 시작된 술자리는 달이 얼굴을 감출 때까지 이어졌다.

안민영은 다음 날 있을 스케줄을 위해 먼저 일어섰고 강찬이 두 사람과 대작을 해주었다. 그리고 그 결과.

"괜찮으세요?"

"……죽을 것 같습니다."

헤르무트는 대답이라도 했지만, 휴고는 대답도 하지 못했다.

두 사람을 위해 갈아 만든 배를 하나씩 더 사다 준 강찬은 그들이 술을 깨도록 도와주었고 그렇게 30분쯤 지났을 때.

"스탠바이 시간입니다."

스태프가 다가와 말했다. 그러자 그때까지 누워 있던 휴고가 자리에서 일어서 거울 앞에 서더니 눈을 껌벅였다.

방금까지 술 냄새나는 아저씨였던 그가 '휴고 위빙'이 되기까지 걸린 시간은 5초 정도.

"호……. 대단하시네요."

"하하……."

맥없이 웃던 휴고는 머리를 빗어 넘기더니 강찬을 보고 말했다.

"그럼 가시죠."

헤르무트가 한국으로 향하기 나흘 전.

미국 유니버셜 픽쳐스 본사, 메인 디렉팅 B팀의 회의 시간.

"조사는 끝났나?"

"예."

강찬과 처음 만났을 때의 그 날카로운 눈빛을 유지한 노인, 안토니 갤리웍스의 말에 사내 하나가 자리에서 일어서며 말했다.

"세 단어로 요약하면, 모든 걸 혼자 다 합니다."

"너무 요약했어."

"예. 2년 전, 한국 나이로 19살 시절부터 무비디렉팅을 시작했습니다. 그 당시에 5천 달러의 제작비로 '우리들'이라는 영화를 제작했고 그것으로 한국에서 예술 대학으로 가장 유명한 미래 대학교에 진학했습니다."

"길어."

안토니의 말에 사내의 이마에 식은땀이 흘렀다. 안토니가 가장 좋아하는 보고 방식은 세 단어로 요약한 결론이다.

그래서 요약했더니 길게 말하라 하고, 길게 말했더니 길다니. 사내가 식은땀을 훔치는 사이, 옆에 있던 여자가 손을 들었다.

"제시."

"제가 말씀드려도 될까요?"

"해봐."

"미스터 강은 천재입니다. 혼자 모든 것을 다 하려는 편집증이 걱정되긴 하지만, 슬슬 주변 사람들을 모으는 것으로 보아 그쪽은 걱정하지 않아도 될 것 같습니다. 시나리오와 편집, 그리고 연출에 강점이 있으며 누군가의 터치를 극도로 싫어하는 경향이 있습니다."

제시라 불린 여자의 말에 안토니가 고개를 끄덕였다. 그러자 식은땀을 흘리던 사내가 자리에 앉았고 제시가 보고를 이어갔다.

"1,000만 불에 가까운 제작비를 홀로 감당할 정도의 재력이 있고, 이번 영화로 벌 돈 또한 상당할 것으로 보여 금전적으로 아쉬워 할 것 같진 않습니다."

"그래서 그랬나."

"예?"

"나와 계약하러 와서도 전혀 굽히는 게 없더군. 20살짜리 꼬맹이가 말이야. 돈에서 나오는 자신감이라면 이해하지."

"아…… 예. 계속할까요?"

"그래."

"알아보라 하신 '적합성' 부분에서는 A+의 점수를 줄 수 있습니다만. 아래 두고 컨트롤하기에는 자존심이 너무 셉니다."

"그럼 우리가 키우면?"

"언제 울타리를 부수고 나갈지 모릅니다."

"울타리를 안 치면 되지."

"예?"

"됐어."

안토니는 들을 것은 다 들었다는 듯 고개를 끄덕이고선 테이블을 두 번 두들겼다.

"오늘 회의는 여기까지. 헤르무트만 남고 다 나가."

"예."

안토니의 말에 모든 직원이 자리를 뜨자 구석에 앉아 있던 헤르무트가 물었다.

"키우실 생각이십니까?"

"키우다니. 이미 다 큰 감독이야. 더 큰물로 옮겨주는 것뿐이지. 거기서 운송료 좀 받고 생색도 내고 하면 더 좋고."

안토니의 말에 헤르무트가 살짝 입술을 씹었다. 그러자 안토니가 물었다.

"자네가 키우자고 데려온 개가 알고 보니 사자라 불안한가?"

"아뇨. 사람 보는 눈이 이만큼 성장했다는 생각에 좋기도 합니다만…… 그 정도의 가치가 있는 사람인가 싶어서 말입니다."

그의 말에 안토니가 으하하하, 하고 웃음을 터뜨렸다. 갑작스러운 웃음에 당황한 헤르무트의 얼굴이 굳었을 때.

"나는 자선사업가가 아니야. 돈이 나올만한 시나리오를 고르고, 감독을 붙여 영화를 만드는 사람이지. 그런 눈으로 보았을 때, 강은 돈이 돼. 당장 지금까지 그의 행보를 봐. 19살 때 5,000불로 시작한, 그것도 주변 사람에게 빌린 돈이었지. 그걸로 지금 그는 1,000만 불의 자산가가 되었어. 20살에, 영화로만 말이네."

객관적인 사실의 나열에 헤르무트가 고개를 끄덕였다. 사람을 보는 게 아니라 돈만 보아도 답이 나와 있는 상황.

그에게 투자할 가치는 충분하다.

강찬을 유니버셜 픽쳐스라는 배에 태우는 게 아닌, 그가 일으키는 해류에 유니버셜 픽쳐스라는 배가 올라탄 형국이 되긴 하겠지만.

"자네는 할 수 있나?"

"아뇨."

"인정이 빨라 좋군. 그래서 내가 자네를 아끼지."

"······감사합니다."

"내가 돈을 준 것도 아닌데 감사할 이유가 있나? 난 사실을 말했을 뿐이야. 어쨌거나 결론은 이걸세. 그가 원하는 대로 맞춰줘. 어차피 우리가 해줄 것은 정해져 있네. 이름을 빌려주는 것. 그 이상으로 원할 사람도 아니고. 그것만으로 돈을 벌 수 있다면, 하지 않을 이유가 있나?"

"없습니다."

"그래. 그럼 어떻게 해야겠나?"

"우리 사람으로 만들어야 합니다."

"그렇지. 또?"

"확실히 해야겠죠. 그를 눈독 들이는 다른 회사들이 엄두도 못 낼 만큼."

"그거지. 휴고 데리고 한국으로 가게나. 그리고 못을 박아버리게."

"알겠습니다."

"그럼 가봐."

"예."

생각을 정리하듯 고개를 주억인 헤르무트가 회의실을 나섰다.

'돈이라.'

사람이 얼마나 성공했나, 그리고 그를 믿을 수 있는가를 보기보다 그가 벌어놓은 돈을 본다.

참으로 속물적인 마인드지만 그만큼 확실한 방법이 또 있을까, 하는 생각이 들었다.

휴고와 함께 한국에 들어온 지 이틀.

헤르무트는 강찬이라는 사람에 대해 많은 것을 알고 있다 자부했다. 그가 만든 모든 영화를 보았고 그의 인터뷰 영상을 보았다.

그렇기에 이번 영화, 'TWO BASTARDS'가 어떤 영화일지 예상이 되었고 그런 식으로 흘러갈 것이라 생각했다.

하지만 달랐다.

영화가 시작할 때, 숙취를 이기지 못해 감겨오던 눈이 총소리에 번쩍 뜨였다. 그때부터 헤르무트는 영화가 끝날 때까지 물도 마시지 못했다.

영화가 끝나고 엔딩 크레딧이 올라갈 때, 헤르무트는 들고 들어와 따지도 않은 물을 보며 천천히 고개를 끄덕였다.

'이유가 있었구나.'

그의 영화에 열광하는 이유가, 그가 돈을 버는 이유가 있었다. 그리고 순간 생각에 잠겼다.

'내가 스무 살 때, 뭘 했더라.'

잠시 생각하던 그는 고개를 휘휘 저은 뒤 스태프의 안내를 받아 무대 위로 올라갔다. 어느새 숙취는 사라졌고 영화를 보며 두근거렸던 심장 또한 진정되었다.

'안토니의 말이 맞다.'

돈이 모이는 데는 이유가 있는 법이다. 헤르무트가 생각을 정리하는 사이 인터뷰의 준비가 되기 시작했다.

헤르무트의 옆에서는 휴고와 강찬이 대화를 나누고 있었다.

"무슨 마법을 부렸습니까? 촬영할 때와는 완전 다른 영화가 되었군요."

"칭찬으로 들어도 될까요?"

"그럼요. 이런 영화를 보기 위해서라면 한국, 아니, 지구 반 대편이라도 날아갈 수 있어요."

휴고의 칭찬이 이어지고 있을 때, 인터뷰의 준비가 끝났고

MC가 올라와 시사회 겸 인터뷰를 진행하기 시작했다.

"안녕하십니까. 'TWO BASTARDS'의 감독, 강찬입니다."

"휴고 위빙입니다."

언제 연습한 건지 휴고가 한국어로 자신의 소개를 하자 관객석에서 환호가 터져 나왔다.

"유니버셜 픽쳐스의 헤르무트 슈바르첸벡입니다."

휴고와 입국하면서 언론의 관심을 받았고, 이제는 모두가 그의 정체를 알고 있었기에 유니버셜 픽쳐스에서 나왔다는 것에 놀라는 이는 없었다.

하지만 기자들의 눈은 먹이를 노리는 새처럼 반짝이기 시작했다.

'뭐 하나만 물어도 대박이다.'

휴고와 강찬, 그리고 유니버셜의 사람이 모였다는 것만으로 충분한 기삿거리가 될 터. 곧 인터뷰가 시작되었고 단조로운 질문들이 오갔다.

인터뷰가 끝난 뒤, 기자들의 질문 시간이 시작되었고, 기자 하나가 헤르무트에게 질문을 던졌다.

"헤르무트에게 묻겠습니다. 강 감독과 유니버셜 픽쳐스가 함께한다는 게 사실인가요?"

"그렇습니다."

"휴고 위빙이 차기작의 주인공으로 나온다는 것도 사실입니까?"

"그렇습니다."

그 이후에도 유니버셜과 휴고 위빙에 대한 질문이 끊이질 않았다. 헤르무트는 천천히, 그리고 진중히 질문 하나하나에 대답을 해주다 손을 들었다.

모든 사람의 시선이 그에게 집중되었을 때.

"간단히 정리해드리겠습니다."

헤르무트는 헛기침을 한 번 한 뒤 말을 시작했다.

"저희 유니버셜 픽쳐스는 다크 유니버스라는 독자적인 세계관을 만들었습니다. 타 제작사들과 다르게 코믹스를 원작으로 하는 것이 아닌, 저희 유니버셜 픽쳐스가 소유하고 있던 공포 영화들의 괴물들을 부활시킬 것입니다. 그리고 이것의 시작으로 '지킬 앤 하이드'를 선보일 예정입니다."

헤르무트의 말에 인터뷰장은 정적이 감돌았다. 그의 말을 이해한 기자들은 빠르게 플래시를 터뜨려 가며 사진을 찍어 댔고 이해하지 못한 이들은 통역이 해주는 말을 듣고서야 입을 벌리며 놀라는 대열에 동참했다.

그리고 놀란 것은 기자들뿐만이 아니었다.

강찬과 휴고 또한 놀란 눈으로 헤르무트를 바라보았다가 자신들은 놀라면 안 된다는 것을 인지하고선 평정심을 되찾았다.

'그걸 왜 여기서 발표해?'

강찬이 말하는 것과 유니버셜의 대변인이 말하는 것은 무게 자체가 다르다.

게다가 강찬은 '다음 작은 유니버셜과 하게 될 것 같다, 휴고 위빙이 나올 것 같다.' 정도만 말했지만 헤르무트는 직접 모든 것을 언급해 버렸다. 대변인이나 다름없는 그가 말하면 오피셜이 되며 세계적으로 이슈가 되는 게 당연하다.

미국에서 따로 기자회견을 열어 발표한다고 해도 충분히 이슈가 될 만한 내용이다. 그런데 한국에 와서, 그것도 따로 자리를 마련한 것도 아니고 강찬의 시사회 후 인터뷰 자리에서 발표하다니.

'무슨 속셈이야?'

강찬에게는 이보다 좋을 수 없다. 이번 영화 'TWO BASTARDS'에 대한 관심이 전보다 높아지는 것은 물론이고 강찬이라는 이름 두 글자가 갖는 네임벨류 또한 상승세를 탈 터.

문제는 무조건적인 호의라는 것이었다.

'이건 얘기를 해봐야겠는데.'

안 그래도 헤르무트와 이야기를 할 생각이었으니 그때 의중을 떠보면 될 터, 만약 무언가가 숨겨져 있다면 파내면 되는 것이고, 그저 강찬을 자신들의 품으로 끌어들이려는 것이라면 어울려주면 되는 것이다.

강찬이 고개를 끄덕이고 있을 때, 헤르무트가 말을 이었다.

"저희 유니버설 픽쳐스에는 새로운 피가 필요했습니다. 그리고 변혁 또한 필요했죠. 언제까지 과거의 영광에 심취해 있을 수 없는 시대니까요. 그렇게 찾은 것이 강찬 감독입니다. 유니버설에서는 '다크 유니버스' 그리고 강찬 감독. 두 가지로 변혁을 맞이할 것이며 새로운 시대를 열어갈 것입니다."

그의 말이 끝나자 카메라 플래시, 그리고 박수가 쏟아졌다. 그리고 강찬은 멍한 눈으로 헤르무트를 바라볼 뿐이었다.

시사회가 끝난 후, 일행과 저녁 식사를 마친 강찬은 헤르무트를 따로 불러 함께 선술집을 찾았다.

"……또 술입니까?"

"마땅히 공간이 없어서. 술은 안 드셔도 됩니다. 앉으시죠."

"예."

자리에 앉은 강찬이 소주 한 병을 주문하자 헤르무트가 질렸다는 얼굴로 물을 마셨다. 강찬은 헤르무트와 눈을 맞추며 물었다.

"무슨 속셈입니까?"

"속셈이라는 말은 좀 그렇고……. 못을 박았다 해두겠습니다."

"못 말입니까?"

"예. 당신이라는 과육이 너무 탐나서 못 버틸 만한 이들이 생각보다 많아서 말입니다."

"그래서 유니버셜의 이름 아래 두겠다."

"비슷하긴 합니다만 뉘앙스가 다릅니다. '아래'가 아니라 '옆'이라 해두죠. 솔직히 말씀드려 강찬 감독은 대단합니다. 우리 유니버셜이 아니더라도 어디서든 탐낼 인재죠. 이번 영화를 보고 조금 더 확실해졌습니다. 그 전까지는 당신의 돈만 봤거든요."

강찬이 '돈'이라는 단어에 미간을 찌푸리자 헤르무트가 씩 웃으며 말을 이었다.

"돈은 절대적 가치입니다. 당신이 영화로 돈을 벌었다는 것은 그에 상응하는 절대적 재능이 있다는 것과 마찬가지죠. 하물며 1,000만 불의 돈으로 100배를 번 당신인데, 1억 불이 있다면? 나아가 10억 불이 있다면 어떻게 되겠습니까."

그의 말을 듣던 강찬의 미간이 슬슬 펴졌다. 자신의 재능을 칭찬하기 때문이 아니다. 유니버셜이 자신에게 잘해주는 이유가 짐작이 갔기 때문이었다.

"그게 다입니까?"

"일단은 그렇습니다."

"의외네요. 뭔가 더 있을 줄 알았는데."

그 사이, 소주가 서빙되었고 강찬은 소주를 한 잔 들이켰다.

그 모습에 진절머리가 나는지 고개를 휘휘 저은 헤르무트가 되물었다.

"뭐가 더 있다는 게 무슨 말입니까?"

"잘해주는 이유 말입니다. 오늘 헤르무트가 해준 말 몇 마디가 수억 원의 가치가 있는 건 아십니까?"

그의 말을 퍼다 나르는 기사들, 그로 인해 파생되는 기사와 TV에서 언급되는 것까지. 전부 광고비용으로 생각한다면 수억, 아니 십 수억의 가치가 있는 발언이었다.

"알죠."

"그러니 뭔가 더 있다고 생각한 겁니다."

헤르무트는 어깨를 으쓱이며 답했다.

"할리우드라고 전부 그렇게 각박하진 않습니다."

"한국 속담 중에 이런 말이 있습니다. 지나가던 개가 웃는다."

"……좋은 뜻은 아닌 것 같군요."

"말이 안 된다는 뜻이죠."

헤르무트는 낮은 톤으로 끌끌거리며 웃더니 빈 잔 하나를 꺼내 강찬에게 내밀었다.

"안 마신다면서요?"

"지나가던 개가 웃는 모습을 상상해 보니 내가 한 말이 얼마나 어이없이 들렸는지 알 것 같습니다."

강찬도 씩 미소를 지으며 그의 잔을 채워주었다. 소주 한 잔을 마신 헤르무트는 크으, 하는 신음을 흘리며 분신처럼 들고 다니는 서류 가방을 무릎 위로 올렸다.

그러곤 테이블 위로 서류 몇 장을 꺼내며 말했다.

"계약서입니다. 사인하시죠."

"……지금요?"

"예. 독일 속담 중에 밀물과 썰물은 사람을 기다리지 않는다는 말이 있습니다."

"무슨 뜻이죠?"

"기회가 왔을 때 잡으라는 뜻입니다. 그리고 당신이 나에게 감사하는 지금, 이 순간이 제게 온 기회 같군요."

굳이 더 시간을 끌 필요도 없다 생각한 강찬이 서류를 받아 들고 읽기 시작했다. 그러자 헤르무트가 다시 한번 끌끌거리는 웃음소리를 흘렸다.

"참, 재미있는 상황입니다."

"저도 그렇게 생각합니다."

중소규모의 회사도 아니고 할리우드 6대 메이저 제작사 중 하나인 유니버설이다. 그런 회사와 계약을 하는 장소가 술집이라니.

"새롭긴 하지만 나쁘진 않습니다."

헤르무트가 웃는 사이 강찬이 물었다.

"흠…… 제 눈이 잘못된 게 아니면 이 계약서가 이상한 것 같은데요?"

"잘못된 거 아닙니다. 스태프부터 계약까지. 모든 걸 당신의 마음대로 하십시오. 책임은 저와 안토니가 질 겁니다."

계약서에 쓰여 있는 것을 정리하자면 '유니버설과 계약한 강찬이 영화를 만든다.'라는 것뿐이었다.

응당 들어가 있어야 할 정산 비율이라거나 개런티, 등등의 중요 사항에 대해서는 모두 빠져 있었다.

대신.

-감독이 부당하다고 생각하는 조건을 내걸 경우 거부할 수 있는 권리가 준다. 양측의 의견이 조율되지 않을 경우 감독의 권한을 먼저 인정한다.

즉, 강찬의 마음대로 영화를 찍으라는 소리나 다름없었다. 파격을 넘어서 말도 안 되는 수준의 계약.

물론 물질적인 부분에 대해 명시되어 있지 않은 것은 수정해야 한다. 아니, 변호사를 붙여 수정해야 할 부분이 한두 군데가 아니다.

그렇게 생각하자 머릿속에 서려 있던 안개가 사라지며 결론이 도출되었다.

'보여주기식이구나.'

이 계약서는 말 그대로 보여주기식이다.

'내가 널 이만큼 믿어. 네가 하고 싶은 거 다 해라. 내가 무엇이든 해주마.' 하는 어찌 보면 백지수표 같은 느낌.

'보통이 아니야.'

장고 끝에 계약서가 가지는 진의를 깨달은 강찬이 헛웃음을 흘리며 계약서의 공란에 사인했다.

"안토니 메인 디렉터가 작성한 계약서입니까?"

"예."

"대단하신 분이군요."

"저도 그렇게 생각합니다."

"하하하, 이거 한 방 먹은 기분이네요."

강찬이 웃음을 터뜨리자 헤르무트가 입술을 씹었다. 계약서를 처음 본 그는 안토니에게 이게 무슨 계약서냐 따져 물었었다.

하지만 안토니는 '보여주면 안다.'는 말을 했을 뿐이고, 한국으로 오는 비행기 안에서 2시간 이상을 보고서야 깨달은 것이었는데, 그걸 한 번 읽고 알다니.

"강도 대단한 사람입니다."

"저도 그렇게 생각합니다."

방금 자신이 한 말을 그대로 쓰는 강찬의 모습에 헛웃음을 흘린 헤르무트가 빈 잔을 들었다. 그러자 강찬이 사인한 계약서를 옆으로 치운 뒤 그의 잔을 채워주었고 곧 헤르무트가 강찬의 잔을 채워주었다.

"그럼 잘해봅시다."

"예. 유니버설을 위하여."

잔을 부딪친 강찬과 헤르무트는 크, 하는 신음과 함께 술을 삼켰고 이내 서로를 바라보며 다시 한번 잔을 채웠다.

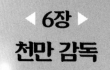

◀ 6장 ▶
천만 감독

계약서를 쓴 다음 날, 강찬은 4월 중에 미국을 찾기로 약속
했고 헤르무트는 미국으로 돌아갔다.

휴고는 한국에 남아 휴가를 더 즐기기로 결정했다.

그리고 'TWO BASTARDS'가 개봉했다.

파라와 안민영, 윤가람과 서대호. 그리고 백중혁과 휴고가
ATM 본사에 모였다. 모두가 앉을 자리가 없어 테이블과 의자
를 모아둔 자리였지만 불편해하는 이는 없었다.

강찬을 비롯한 중역 모두가 모이자 파라가 서류 뭉치를 톡
톡 두들기며 말을 시작했다.

"대한민국 영화관 스크린의 수는 2,058개. 그중 819개의 스
크린에서 동시 개봉이 이루어졌습니다. 예상 오프닝 스코어는

3~40만 정도. 광고비용으로 11억 원이 지출되었어요. 뭐 우리가 지출한 게 무색할 정도로 여기 있는 휴고, 그리고 헤르무트의 홍보 효과가 엄청나긴 했지만."

파라는 그간 영화 홍보를 위해 발로 뛴 시간을 무색하게 만든 원인, 휴고를 슬쩍 흘겨보더니 말을 이었다.

"좋은 게 좋은 거니까요. 어쨌든 손익 분기점은 300만을 예상하고 있어요. 지금까지 반응으로 보아서 총관객 수는 300만은 훌쩍 넘을 것 같아요. 그리고 해외 판권도 여기저기서 연락이 많이 오고 있는데……."

파라는 말꼬리를 흐리며 백중혁을 바라보았다. 강찬은 자신의 영화 판권을 백중혁에게 위임해둔 상태였기에 그가 국내 배급과 해외 배급 모두를 총괄하고 있었다.

"내 차례인가."

하얀 와이셔츠에 넥타이까지 맨 백중혁은 돋보기안경을 쓰며 말을 이었다.

"'악당'은 판권 수출이 끝났고 이제 4월부터 전 세계에서 상영될 예정이네. 국내 흥행과 강찬 감독에게 선댄스 키드라는 별명이 붙은 덕에 국내 수익 이상은 나올 것이라 예상되네. 여기까지야 과거의 일이고, 'TWO BASTARDS'의 경우에는 이미 판권의 수출이 끝났네. 악당과 함께 개봉해 상영관을 나눌 필요가 없다고 판단, '악당'이 개봉하는 4월에서 한 달 뒤, 그러니까

지금부터 두 달 뒤 5월에 전 세계에서 동시 개봉할 예정이네."

말을 마친 백중혁은 돋보기안경을 벗어 테이블에 내려놓았다. 그러곤 씩 미소를 띠었다.

"내 생각이네만, 칸 영화제가 5월이지 않나? 칸이 5월 개봉 영화를 다수 초청하는 것이야 다들 아는 사실이고, 'TWO BASTARDS' 가 칸에 초청될 가능성도 조금은 있나 보네. 우리의 선댄스 키드가 칸 키드가 될 수도 있다는 거지."

칸 영화제라.

모든 감독과 배우가 꿈꾸는 세계 3대 영화제이며 매년 5~6월 사이 프랑스, 칸에서 열린다.

백중혁의 말에 강찬이 고개를 저었다.

"칸은 좀 힘들 것 같습니다."

"왜 그렇게 생각하나?"

"뭐 어지간한 영화제들이 대부분 그렇긴 하지만 경쟁 부문에 오르는 감독들이 다 거기서 거기잖아요? 게다가 올해는 칸 영화제가 60주년을 맞는 해거든요. 경쟁 부문까진 올라도 상을 수상하긴 어렵겠죠."

강찬의 말에 백중혁이 흠, 하는 신음을 흘렸고 나머지는 처음 들었다는 듯 고개를 끄덕였다.

칸뿐만 아니라 베니스와 베를린, 즉 3대 국제 영화제들은 각자 스타일에 따라 편애하는 감독 성향이 있다.

강찬이 노리고 만든다면 언젠가는 수상할 수도 있겠지만, 아쉽게도 강찬은 100억 관객이라는 어마어마한 수를 모아야 하는 상황.

작품성과 흥행성 두 가지 모두를 잡기에 아직은 내공이 모자라다.

'한 10년 뒤에는 몰라도.'

휴고 위빙처럼 머리 위에 줄기를, 아니 나무를 몇 그루 심으면 가능할 것 같긴 했다. 강찬의 시선이 휴고에게로 향하자 휴고는 동의를 구하는 것이라 생각했는지 고개를 끄덕이며 말을 이었다.

"강의 말이 맞긴 해요. 하지만 경쟁 부문만 올라가도 충분한 영예라 생각이 드는데요. 만약 21살의 나이로 칸 경쟁 부문에 진출할 수 있다면 최연소일 테니."

"괜히 기대하지는 말자는 소리죠. 상을 받으면 좋지만, 안 받는다고 뭐가 흥행이 안 되는 건 아니니까요."

강찬의 말에 백중혁이 그건 그렇지, 하고 방금까지 보던 서류에 손을 얹었다.

"다른 데로 새긴 했네만 어쨌거나 해외 개봉 일정은 4월 '악당', 5월 'TWO BASTARDS'이네."

백중혁의 말을 마지막으로 개략적인 회의가 끝났다. 강찬이 머릿속으로 회의 내용을 정리하는 사이, 안민영이 기지개를

켜며 말했다.

"스크린이 800개면 전국 어디서나 볼 수 있겠네."

"그렇겠죠?"

"자랑해야겠다."

여기 있는 모든 이들의 이름이 영화의 엔딩 크레딧에 등장할 터, 특히 백중혁은 배급사로서 영화 시작과 동시에 등장할 것이고 안민영과 윤가람 또한 PD, 즉 제작자로 참여한 것이기에 제목이 나온 후 바로 등장할 것이었다.

"그럼 오늘 회의는 여기까지 하죠."

회의가 끝나자 사사로운 잡담과 앞으로 일정에 대한 말들이 오갔고 30분 정도가 지난 후에야 각자의 일을 하러 자리를 떴다.

"휴고는 뭐하실 거예요?"

"글쎄요."

휴고는 홀로 여행을 다니는 것보다 강찬을 따라다니며 그가 일하는 것을 구경하는 것을 즐겼다.

차라리 가이드를 붙여줄 테니 관광을 하라 말했지만 '이게 더 즐겁다.'라는 대답이 돌아왔기에 그냥 두었다.

"오늘 강의 일정은 어떤가요?"

"아무것도 없는 거로 알고 있어요."

강찬이 자신이 알고 있는 것이 맞냐는 눈으로 안민영을 바라보았다. 그러자 안민영이 말했다.

"강연 요청이 들어왔어."

"강연이요?"

안민영은 고개를 끄덕이더니 A4 용지 하나를 내밀었다. 강찬의 눈이 빠르게 종이를 훑었고.

"미래 대학교 '청년의 꿈' 강연이라니……."

"강 감독 모교기도 하고. 학교 안 나간 지도 거의 1년 넘어가잖아. 듣기로는 OT 이후로 한 번도 안 나간 거로 아는데."

"……몇 번 나가긴 했습니다."

작년 3월에 입학해 올해 3월까지. 출석 일수만 따지면 2주도 되지 않는다. 모든 시험과 학점을 '창작물 학점 인정제'로 때워버렸기에 그의 성적표는 항상 A로 가득했지만 나간 적은 없는 기이한 상황.

"오랜만에 가서 친구들 얼굴도 좀 보고. 좋은 차 타고 가서 내가 이렇게 잘 나간다 한 번 보여주기도 하고."

그녀의 말에 강찬이 헛웃음을 흘렸다.

"무슨 애도 아니고……."

"스물하나면 애 맞지 무슨."

"며칠 나가지도 않아서 친구도 없어요. 친한 교수님들도 없고."

"그래도 이럴 때 아니면 또 언제 가겠어. 솔직히 말해서 학교 갈 생각 없잖아."

인맥을 위해 간 대학이었지만 그의 커리어 한켠을 차지하는 트로피가 되어버린 지 오래인 대학교다.

정곡을 찔린 강찬이 천천히 고개를 끄덕이며 말했다.

"한 번 갔다 오는 것도 나쁘진 않겠네요."

그녀의 말대로 이번에 안 가면 또 언제 갈지도 모른다. 게다가 졸업을 위해서는 교수들과 안면이라도 터 두어야 할 터.

그리고 지금 얼굴을 한 번 보는 것으로 인맥을 만들어 두는 것도 언젠가 도움이 될 터. 고개를 끄덕인 강찬이 그녀에게 물었다.

"언젠데요?"

그의 말에 안민영은 음, 하는 소리와 함께 시계를 보더니 말했다.

"지금이 11시니까…… 3시간 남았네."

"……오늘이에요?"

"응. 오늘 오후 2시. 미래대 청춘관."

"제가 안 한다고 했으면 어쩌시려고?"

"언젠가 그런 날이 오면 생각해 볼게."

안민영은 안경 아래로 보이는 눈을 반달처럼 휘어가며 눈웃음을 짓더니 작은 쇼핑백 하나를 건넸다.

"대본이랑 미래대 옆 극장 영화 관람 티켓 30장, 문화상품권도 30장 넣어뒀으니까 알아서 잘 분배하고."

"······하."

뭔가 완벽히 당했다는 기분이 들었지만 그리 나쁜 기분은 아니었다. 외려 이토록 완벽히 준비했다는 점이 놀라울 따름.

"감사합니다."

"오케이. 아 맞다, 차 키도 그 안에 있어. 차는 주차장에 있고. '허'자 아니니까 안심하고 타고 갔다 와."

말을 마친 안민영은 휙 하고 회의실을 나가버렸다.

"차 키? '허'자?"

허자라면 보통 렌트카의 번호판인 '하, 허, 호'를 말하는 것일 것이다. 즉, 렌트카가 아니라는 소리. 세심한 배려에 미소를 띠는 것도 잠시.

궁금증이 생긴 강찬은 쇼핑백을 열어보았고 이내 차 모양을 그대로 본 따 만든 차 키를 보고 헛웃음을 흘렸다.

"이걸 어떻게 끌고 가."

차 키만 보아도 어떤 차인지 알 수 있는. 포르쉐의 차 키가 쇼핑백에 들어 있었다. 말은 어떻게 타냐 하는 강찬이었지만 그의 입가에는 미소가 번져가고 있었다.

그런 강찬을 보고 있던 휴고가 물어왔다.

"강이 다니는 대학에 갈 건가요?"

"아, 예. 제가 다니는 대학에서 강연 요청이 들어왔다고 하네요. 같이 가실래요?"

"그래도 되나요?"

강찬에게 강연을 요청한 것이긴 하지만 휴고 위빙이 온다면 싫어할 사람이 있을 리가 없다.

"그래 주시면 감사하죠."

휴고는 잠깐 생각하는 듯 고개를 갸웃하더니 이내 끄덕였다.

"재미있겠네요. 그렇게 하죠. 근데 전 영어밖에 못하는데 괜찮을까요?"

"제가 통역하면 됩니다."

"그럼 부탁드릴게요."

미소를 지은 강찬은 고개를 끄덕인 뒤 말했다.

"일단 식사라도 하면서 대본이나 맞춰볼까요."

"그러죠."

강연까지 남은 시간은 3시간. 간단히 식사를 하며 강연 대본을 맞춰본 뒤 강연장으로 가면 시간이 맞을 것 같았다.

새빨간 박스터 한 대가 미래대의 정문을 통과해 들어왔다. 묵직한 배기음에 지나다니는 학생들의 눈이 집중된 것은 물론

이거니와 저 비싼 차의 주인이 누구인가, 혹시 연예인은 아닐까 하는 궁금증에 차를 따라오는 이도 있었다.

강찬은 그들의 시선을 느끼며 주차장에 차를 세우고 내렸다.

"배우인가?"

"어, 나 어디서 본 것 같은데."

"아, 그 사람이다. 그 감독! 우리 학교 다니는 사람 있잖아."

"강찬!"

"맞네. 나 악당에서 저 사람 봤어."

"나도!"

"아, 오늘 청춘관에서 강찬 감독이 강연한다 그러던데. 그것 때문에 왔나 봐."

강찬의 이름이 나오자 주변이 술렁거리며 핸드폰을 들어 사진을 찍기 시작했다. 그리고 그때.

넥타이를 고쳐 맨 휴고가 차에서 내렸다.

검은 양복에 새하얀 와이셔츠, 거기에 연붉은 넥타이를 매고 있는 휴고가 내렸고 그와 동시에 정적이 깃들었다.

"⋯⋯매트릭스 그 사람 아니야? 스미스 요원."

"세상에. 휴고 위빙?"

"휴고!"

강찬이 내렸을 때와는 새삼 다른, 비명과 고함이 뒤섞인 환호가 터져 나왔다.

시상식이나 시사회에서는 느껴보지 못했던 날 것과 같은 반응에 강찬은 어색한 미소를 지었고 휴고는 익숙하다는 듯 손을 흔들어주었다.

그 사이, 용기를 낸 학생 몇 명이 가까이 다가와 사인과 사진을 요청했고 강찬은 성심성의껏 응해주었다.

"오늘 'TWO BASTARDS' 개봉이죠? 축하드려요."

"감사드립니다."

"잘생겼어요!"

"빈말이라도 감사해요."

"진짜로!"

강찬에게 다가와 말을 거는 이들에 비해 휴고에게 직접 다가가는 학생들은 거의 없었다.

외국인, 거기에 세계적인 스타가 눈앞에서 팔짱을 끼고 있으니 쉽게 말을 걸 수 용기가 나지 않는 것이다.

결국, 강찬이 자신에게 다가온 학생들에게 휴고를 소개해주었고 그제야 휴고와 학생들이 인사를 했다.

막간 팬미팅을 가진 강찬과 휴고는 주최 측이 준비해준 대기실로 들어왔다.

"강, 인기 많네요."

"예?"

"저도 나름대로 인지도가 있다고 생각했는데…… 한국에서는 안 되나 봅니다. 모든 학생이 강한테만 간다니."

휴고는 나름 충격받았는지 천장을 보며 말하고 있었다. 마흔이 넘은 아저씨, 그것도 할리우드 스타가 자신을 못 알아본다고 저러고 있는 것을 보니 묘하게 귀여워 보였다.

"외국인과 대화하는 게 어려워서 그럴 겁니다. 강연 끝나고 휴고가 어떤 사람인지 알고 나면 모든 학생이 달려들걸요."

강찬의 말이 별로 위로가 되지 않는지 휴고는 짧은 한숨을 쉬었다. 처음 보는 면모에 미소를 짓고 있던 것도 잠시.

똑똑, 하는 노크 소리가 들려왔고 강찬이 '들어오세요' 하고 말했다. 그러자 스태프가 들어와 강연 준비가 끝났다는 말을 해주었고 강찬은 그걸 번역해 휴고에게 말해주었다.

"그럼 먼저 올라가 있겠습니다."

"예. 신호 주면 올라갈게요."

강찬이 먼저 올라가고 분위기를 조금 띄운 다음, 휴고를 부르기로 말을 맞춰둔 상황. 강찬은 스태프를 따라 무대 위로 올라갔다.

"와아아아아!"

무대에 올랐을 때, 순수하게 강찬을 환영하는 환호가 터져 나왔고 그런 반응에 강찬은 미소를 지으며 손을 흔들었다.

"안녕하세요. 06학번 영상학과생 강찬입니다."

강찬의 인사에 웃음과 박수가 뒤섞인 환호가 다시 한번 쏟아졌다. 강찬은 잠시 기다린 뒤 환호가 멎자 말을 이었다.

"그리고 배우이자 편집자이며 연출가를 겸하는 데다 시나리오 라이터까지 해 먹고 있는 욕심쟁이 영화감독 강찬입니다. 반갑습니다."

고개 숙여 인사를 한 강찬은 그제야 관객석을 자세히 살폈다. 300명 정도 되는 청중들이 미소를 짓거나, 평가를 위한 시선을 한 채 그를 바라보고 있었다.

"일단 이 자리를 마련해주신 총장님께 감사드리며…… '청춘의 꿈'이라는 주제에 대해 강연을 시작해 볼까 합니다. 물론 그 전에. 이 자리에 계신 여러분 중, 절반 정도는 이분을 보기 위해 오신 게 아닐까 하는 예상이 드는데요."

다시 한번 환호. 미소를 띤 강찬이 무대 뒤쪽을 가리키며 말했다.

"할리우드의 대스타죠. 휴고 위빙을 소개합니다."

그의 소개와 함께 휴고가 무대 위로 올라왔다. 청중들의 목이 쉬지 않을까 싶을 정도로 열렬한 환호가 터져 나왔다.

휴고는 그제야 만면에 미소를 지으며 손을 흔들며 어눌한 발음으로 '안녕하세요.' 하고 외쳤다.

그렇게 강연이 시작되었다.

'청춘의 꿈.'이라는 주제에 대해 강찬은 천천히 자신의 생각을 늘어놓았고 거기에 휴고의 의견이 더해졌다.

중간중간 지루해지려 할 때는 안민영이 챙겨준 문화상품권과 영화예매권을 뿌려 분위기를 반전시켰다.

그렇게 60분의 강연이 끝나갈 무렵. 휴고의 말을 통역해주고 있을 때였다.

'여기도 수많은 원석이 있겠지.'

할리우드에서 보았던 수많은 원석이 이곳, 미래대에도 있을 것이 분명했다. 여기까지 오며 본 발아의 씨앗은 한 명뿐.

그것도 손가락 한 마디보다 작은 씨앗이었다.

'더 많이 볼 수 있다면 좋을 텐데.'

단순히 발아의 씨앗뿐만이 아니라 능력까지 볼 수 있다면. 원하는 인재만 쉽게 모아 더욱 빠르게 사단을 만들 수 있을 텐데. 하는 생각이 들었다.

그리고 그때.

강찬의 머릿속으로 청량한 느낌이 깃들었다. 잊을래야 잊을 수 없는 익숙한 느낌. 강찬은 통역하던 것까지 멈추고 능력을 확인했다.

[발아 능력: 그림 - 발아 1단계, 편집 - 발아 2단계(감정), 연기 - 발아 2단계(전달), 음주 - 2단계 (미주), 연설 - 발아 2단계 (설득), 액션 - 발아 1단계, 숙면 - 발아 2단계(선택), 연출 - 발아 1단계.

영어 - 발아 1단계.]

[신규 발아 능력 : 개안 - 발아 1단계]

'개안?'

직역하자면 눈을 뜬다는 뜻이다. 의아해하던 것도 잠시. 강찬은 일단 통역부터 끝내야 한다는 생각에 시선을 돌려 학생들을 바라보았다.

그리고.

'……맙소사.'

청춘관에 앉아 있는 모든 학생의 머리 위로 떠 있는 발아의 씨앗을 볼 수 있었다. 그들의 머리 위에 솟아 있는 씨앗들로 인해 강찬의 눈이 부실 정도.

손가락만 한 것부터 새끼손톱만 한 것까지, 각자 크기의 차이가 있긴 했지만 모든 학생의 머리 위에는 확실히 발아의 씨앗이 있었다.

강찬은 그제야 능력 '개안'의 의미를 깨달았다.

강연이 끝난 후, 사인과 사진을 찍어주는 시간을 보낸 강찬과 휴고는 회사로 돌아왔다.

"제 얼굴에 뭐가 묻었나요?"

"아뇨."

개안의 발아 이후, 강찬은 말 그대로 새로운 눈을 뜬 기분이었다. 지나다니는 모든 사람의 머리 위에 자리 잡고 있는 씨앗을 보는 것은 정말 새로웠다.

특히 휴고.

집중해서 휴고를 보자 줄기에 매달린 꽃봉오리들이 보였다. 저것들이 피어나면 '그 여자'가 말했던 개화의 상태가 되는 듯했다.

'그럼 4단계인가.'

1m 정도 되는 줄기에 꽃봉오리들이 있는 상태가 4단계라는 뜻. 그렇다면 세 개의 씨앗을 가진 파라는 2단계 2개와 3단계 하나를 가지고 있다는 소리가 된다.

휴고에게서 시선을 돌린 강찬이 천천히 고개를 끄덕였다.

'슬슬 팀을 꾸려볼까.'

지금까지 생각만 해오던 '강찬 사단'을 꾸릴 수 있게 될 것이다. 미래에 활약하게 될 스태프들을 모으는 것에서 한 걸음 나아가 발아의 씨앗이 있는 이들, 그리고 이미 발아한 이들까지 구분해 엘리트 군단을 만들 수 있을 터.

'TWO BASTARDS'가 개봉했고 다음 영화, 지킬 앤 하이드의 제작까지는 한 달여의 시간이 남아 있다.

그동안 강찬이 해야 할 일은 시나리오를 체크하고 배우들 캐스팅에 힘쓰는 것뿐. 캐스팅이라 해봤자 뽑아놓은 목록을 보고 유니버설 그리고 PD들과 이야기를 하는 게 전부이니 강찬이 할 일은 적다.

손가락으로 테이블을 톡톡 두들기던 강찬은 종이를 꺼내 들었다.

'일단……'

지금 강찬이 데리고 있는 사람들은 영화 촬영에 있어 디테일한 부분보다는 큰 그림을 그리는 데 특화된 이들이다.

디테일이라 할 수 있는 이들은 소품팀뿐. 'TWO BASTARDS' 의 촬영을 하며 미술 부문 전체를 담당할 정도로 성장했기에 미술 감독을 새로 뽑을 필요는 없었다.

그렇다면 남은 것은.

'촬영 부분에서는 촬영, 조명 그리고 음향 정도.'

이들을 보통 '메인 스태프'라 칭하며 영화 촬영의 핵심 인사들을 말한다. 이들만 제대로 구한다면 서브 스태프의 고용 같은 디테일은 메인 스태프의 역량으로 해결할 수 있게 된다.

즉, 강찬이 신경 써야 할 부분이 대폭 줄어드는 것. 그만큼 감독의 역할에만 집중할 수 있고, 더욱 좋은 영화를 만들 수 있게 될 것이다.

세 가지를 종이에 적어 넣은 강찬은 그 분야에 종사하는 이들 중 기억에 남는 이들의 이름을 써 내려갔다.

당장 기억나는 이들은 열 명 정도.

'후반부는.'

크게 편집팀과 VFX, 즉 특수 효과 팀으로 나눌 수 있다.

영화 제작에 중요하지 않은 스태프가 어디 있겠느냐마는, 군이 중요도를 따지자면 1순위로 뽑히는 촬영 감독과 버금가는 이가 편집기사다.

'편집' 두 글자 옆에 별표를 친 강찬은 VFX를 보며 흠, 하는 비음을 흘렸다.

자신만을 위해 일하는 VFX 팀을 하나 꾸려둔다면 이루 말할 수 없을 정도로 편하긴 할 것이다. 실력 좋은 팀을 찾고 그들과 페이 협상을 하기 위해 땀을 뺄 필요가 없을 테니까.

하지만 실력 좋은 VFX 팀을 만들기 위해, 그리고 유지하기 위해서는 천문학적인 돈이 들어간다.

장비도 장비지만 인력을 갈아 넣는다는 말이 나올 정도로 작업 시간이 오래 걸리는 일이기 때문. 특히 기술의 발달이 다 되지 않은 2007년인 지금에야 말할 것도 없다.

잠시 고민하던 강찬은 이내 고개를 끄덕였다.

'만들자.'

시작이 어려워서 그렇지 한 번 제대로 만들어 두면 제값을 하다못해 넘칠 것이 분명한 상황. 구더기 무서워 장을 안 담글 순 없는 노릇이다.

'구더기는 좀 그런가.'

다른 단어를 생각해 보던 강찬은 이내 고개를 휘휘 저었다.

크게 다섯 팀. 시작은 이렇게 다섯 팀으로 하고 앞으로 필요한 부분을 채워 가면 될 것. 강찬은 기억에 있는 이름을 써내려갔고 그를 바라보던 휴고가 물었다.

"뭐해요?"

발아한 이들을 볼 수 있게 된 부분을 제외한 이야기를 해주자 휴고가 흥미롭다는 듯 강찬을 바라보았다.

"누구도 시도하지 않은 방법이네요."

"비효율적이니까요."

강찬 또한 알고 있다. 이 방법이 지극히 비효율적이며 리스크가 큰 방법이라는 것을. 만약 이 방법이 효율적이었다면 근 100년간 영화 시장을 지배하고 있는 것이나 다름없는 할리우드가 사용하지 않았을 리가 없지 않은가.

"그렇죠. 만약 강이 찍는 영화가 하나라도 망한다면 회사가 망할 테니."

휴고는 강찬의 손이 올려진 종이를 힐끗 바라보더니 말을 이었다.

"하지만 제작하는 영화를 전부 흥행시킬 수 있다면, 그리고 그럴 실력이 있다면. 말 그대로 영화를 찍어내는 공장이 될 수도 있겠군요."

강찬의 의도가 그것이었다. 100억이라는 목표를 위해 강찬은 쉼 없이 영화를 찍어야 하며 그러기 위해서는 시간을 단축

해야 하고 그러면서도 퀄리티를 유지해야 한다.

그렇기에 필요한 것이 자신만을 위해 일하는 스태프들.

"리스크가 너무 커요."

그의 말에 강찬이 고개를 끄덕였다.

이 방법이 갖는 리스크는 단 하나다. 영화가 하나라도 실패하는 순간, 강찬은 빚더미에 오르게 될 것이며 기껏 키워낸 직원들은 다른 이들의 아래로 가거나 독립할 것이다.

"하이 리스크 하이 리턴. 큰 물고기를 잡기 위해선 큰 미끼를 써야죠."

"실패할까 두렵지 않나요?"

"예."

"어떻게요?"

이번 영화, 'TWO BASTARDS'에 강찬이 투자한 돈은 97억. 300만 이상의 관객이 들 경우 강찬은 이 금액 전부를 회수할 수 있다.

만약 천만 이상이라면?

3배, 즉 300억 이상의 자본을 확보할 수 있게 된다. 그러니 영화 한두 개쯤 망한다 해서 강찬이 무너질 일은 없다.

게다가 세계적 영화의 트렌드를 줄줄이 꿰고 있는 강찬이다. 관객들의 영화 선호 방향이 어떻게 변할지까지 알고 있으며 어떤 감독이 흥하고 어떤 감독이 망할지까지 알고 있다.

굳이 욕심을 내지 않고 트렌드만 한발 앞서간다 하더라도 평작 이상은 계속해서 뽑아낼 수 있을 터.

기반까지 완성된 이상 실패라는 단어를 두려워할 이유가 없는 것이다.

"실패하면 다시 도전하면 되죠. 새로운 길을 향해 발걸음을 내딛는 것이 어려운 거지, 이미 한 번 걸어본 길을 다시 걷는 건 어렵지 않잖아요?"

"좋은 마인드네요."

휴고는 생각을 정리하는 듯 천천히 고개를 끄덕이더니 조용히 엄지를 치켜들었다. 그의 칭찬에 미소로 화답한 강찬은 안민영에게 전화를 걸었다.

"안 PD님, 오늘 저녁에 시간 괜찮으세요?"

─······나 공항인데?

"예?"

─오늘부터 일주일 출장이잖아.

그제야 기억이 난 강찬이 아, 하는 소리와 함께 고개를 끄덕였다.

─무슨 일이기에 정신이 없어? 급한 거야?

"아뇨. 다른 생각하느라 잠깐 깜빡했어요."

─별일 아닌 거지?

"네. 출장 잘 다녀오세요."

-그래. 한국 돌아가서 봐.

생각해보니 안민영은 악당과 TWO BASTARDS의 판권 건
으로 외국으로 나가는 상황이었다. 헛웃음을 흘린 강찬이 고
개를 휘휘 저었고 그 모습을 본 휴고가 물어왔다.

"무슨 일이죠?"

"아닙니다."

당장 만나 이야기를 나눠보고 싶었지만, 일주일 정도 생각
을 정리하는 것도 나쁘진 않을 것이다.

다음 날 아침 6시.

오랜만에 푹 자고 있던 강찬은 핸드폰의 진동에 잠에서 깨
어났다. 핸드폰 액정에 떠 있는 이름은 파라.

"강찬입니다."

-파라예요. 혹시 주무셨나요?

"……보통 사람들은 오전 6시에 자고 있죠. 저도 보통 사람
이고요."

-아, 그럼 조금 있다 다시 걸까요?

배려인지 놀리는 건지 모를 물음에 헛웃음을 흘린 강찬이
눈을 비비며 침대에서 몸을 일으켰다.

"말씀하세요."

-혹시 악당의 오프닝 스코어가 몇 명인지 기억하시나요?

'악당'의 오프닝 스코어는 31만 7,811명이었다. 상업 영화의 탈을 쓴 독립영화, 게다가 첫 작인 것을 감안 하지 않더라도 준수한 스코어였다.

오프닝 스코어는 영화의 흥행을 결정짓는 중대한 요소 중 하나다.

영화의 홍보와 배우들의 인지도. 감독의 영향력과 광고가 얼마나 잘 되었는지까지. 전부가 합쳐져 오프닝 스코어라는 결과로 나타난다.

오프닝 스코어가 대박 난 영화는 대부분이 흥행에 성공하며 얼마나 많은 관객이 이 영화를 기다렸는지를 알려주는 확실한 지표다.

그녀의 질문을 들은 순간, 강찬은 파라가 'TWO BASTARDS' 오프닝 스코어를 전해주기 위해 전화를 건 것임을 직감할 수 있었다.

강찬이 악당의 오프닝 스코어를 말하자 파라가 물어왔다.

-그럼 이번에는 얼마나 예상하세요?

"40만만 넘으면 좋겠네요."

악당과 'TWO BASTARDS'의 제작비만 비교해도 100배가 넘게 차이 난다. 오프닝 스코어도 100배쯤 차이 나면 좋겠지만.

-예매율 68% 오프닝 스코어 47만. 압도적으로 1위예요. 축하드려요.

파라의 말에 강찬은 흐흐흐, 하고 웃다가 이내 속에서부터 올라오는 웃음을 참지 못하고 박장대소를 터뜨렸다.

"68%요?"

-예. 어제 영화 본 사람 10명 중 7명이 'TWO BASTARDS'를 본 셈이죠.

그녀의 말대로 압도적인 수치다. 강찬은 자꾸만 나오는 웃음을 참고 있을 때, 파라가 말을 이었다.

-오늘 자로 예매된 건 27만 정도예요. 이번 주말까지는 3~40만 선을 유지하다 주말에 100만 이상의 관객을 동원하며 40일 안에 천만을 돌파할 것 같아요.

"40일이요?"

-예. 지금 수치상이나 인터넷 반응으로만 보면 천만 그 이상으로 넘어가도 이상할 것 없어요. 아, 이제 일어나셔서 못 보셨으려나. 일단 인터넷부터 보시고…… 이 이후 이야기는 출근하시면 보고서로 드릴게요.

"예. 감사합니다."

-뭘요.

파라는 '조금 이따가 만나요.' 하는 말과 함께 전화를 끊었고 강찬은 곧바로 노트북을 켜고 포털에 'TWO BASTARDS'를 검색해 보았다.

TWO BASTARDS (12세 관람가)
평점: 8.9

더 이상 올라갈 자리가 없어 보이던 강찬의 입꼬리가 광대에 닿을 듯 수직상승을 했고 강찬은 넋이 나간 사람처럼 실실 웃으며 인터넷을 탐방했다.

기자들과 평론가들은 두말할 것도 없고 개인이 운영하는 블로그들까지 호평 일색이었다. 가끔가다 '상업주의에 찌든 작품.'이라며 비난하는 이들이 있긴 했지만.

'맞는 말이긴 하지.'

독립투사라는 소재를 사용한 만큼 감동과 의미가 좀 더 살아났다면 좋았겠지만 아무래도 흥행을 위해 연출을 하다 보니 재미 측면이 더욱 강조된 것은 어쩔 수 없다.

개봉 후 일주일.

강찬의 머릿속에서는 '천만'이라는 단어가 떠나질 않았다. 시나리오도 손에 잡히지 않았고 다른 일 또한 마찬가지.

'악당' 때는 상을 받아 이름을 알리는 게 우선이라는 확실한 목표가 있었기에 관객 수는 그다지 신경이 쓰이지 않았다.

천만에 닿지 못하리라는 것도 어느 정도 예상하고 있었고.

하지만 'TWO BASTARDS'는 다르다.

'될 거 같은데.'

하루하루 늘어가는 관객 수를 보는 것 외에 다른 일은 손에 잡히지 않았다.

일부로 생각을 돌리기 사흘 차부터는 관객 수 집계를 보지 않았다. 대신 인재들을 찾아보고 방송 출연도 하긴 했지만.

"한국, 아니 전 세계를 뒤져보아도 21살에 만든 영화가 이 정도로 흥행한 경우는 없거든요. 이대로라면 천만 관객을 달성하는 게 유력해 보이는데 어떻게 생각하시나요?"

이런 질문만 해대는 통에 외려 더욱 큰 기대가 자라나는 상황이었다.

게다가 미디어들 또한 파죽지세로 인기몰이하는 'TWO BASTARDS'와 강찬을 조명하며 2007년 첫 천만, 그리고 대한민국의 여섯 번째 천만 영화의 탄생이 가능할지에 대해 연일 기사를 쏟아냈다.

그리고 오늘, 일주일이 지나 위클리 스코어가 나오는 시간이 되었다. 위클리 스코어, 즉 개봉 후 일주일이 지난 시점에서의 관람객 수를 말하는 단어.

ATM 본사, 의자에 앉아 볼펜을 딸각거리던 강찬은 공부하고 있던 서대호가 벌떡 일어서는 것을 보고 올 것이 왔음을 직감했다.

"메일 왔어?"

"어······. 응."

서대호는 자신의 눈을 의심하는 듯 모니터에 뜬 숫자를 손가락으로 가리켜가며 읽었다.

"일, 십, 백, 천, 만, 십만, 백만······ 삼백만?"

"뭐?"

"327만······."

그의 말에 한껏 미간을 찌푸린 강찬이 서대호에게 다가갔고 궁금증을 느낀 파라 또한 그의 서대호를 향해 걸어오며 말했다.

"무슨 일이에요?"

"위클리 스코어 떴다는데······."

강찬은 메일로 온 숫자를 읽어보았고 이내 고개를 끄덕였다.

"······세상 미친."

감격을 넘어서 소름이 돋았다. 숫자를 확인한 파라는 예상했다는 듯 잔잔한 미소를 짓고 있었고 서대호는 그 큰 덩치로 방방 뛰며 기뻐하고 있었다.

악당의 위클리 스코어가 147만이었다. 이번 영화는 그 두

배가 넘는 관람객을 모은 것. 이대로 간다면.

"……이거 진짜 천만 찍겠는데?"

서대호의 말에 강찬이 천천히 고개를 끄덕였다. 이 기세라면 40일, 그 안에 천만 달성의 꿈을 이룰 수 있을 것 같았다.

그 날 저녁, 강찬은 한국으로 돌아온 안민영과 약속을 잡았고 조금 이른 시간에 시내의 고깃집으로 향했다.

해가 짧아 6시밖에 안됐는데도 사위가 어둑어둑했다. 먼저 고깃집에 도착해 안민영을 기다리고 있던 강찬은 그녀가 들어오는 것을 보고 손을 흔들었다.

그러곤 안민영의 머리 위에 자리 잡고 있는 두 개의 씨앗을 보고 미소를 지었다.

'역시'

안민영 정도로 뛰어난 PD가 발아의 씨앗이 없다는 것은 어불성설. 아직 조건이 만족 되지 않아 강찬이 발아시키지 못했을 뿐, 확실히 있었다.

'크기로 보면 하나는 2단계, 하나는 씨앗인가.'

하나는 검지만 한 줄기였고 다른 하나는 아직 발아하지 않

은 씨앗이었다. 아직 발아하지 않은 것에 대한 이유는 짐작할
수 있었다.

'같이 일하는 시간이 적었기 때문인가.'

안민영은 PD, 즉 프로듀서였기에 강찬과 함께 머리를 맞대
고 일하는 경우가 거의 없었다. 그녀는 현장에서 영화 촬영을
돕기보다는 촬영 외적인, 배우의 캐스팅이나 로케이션 헌팅,
스태프의 고용 등의 일을 도맡고 있기 때문.

'이번에는 제작 준비부터 같이해야겠는데.'

어떤 능력인지는 몰라도 발아시켜 둔다면 앞으로 편할 것은
확실하다. 당장 서대호만 하더라도 발아하는 순간 인간 토템
이 되어 강찬에게 도움을 주고 있었으니까.

강찬의 앞에 앉은 안민영은 강찬이 미리 시켜둔 고기를 보
고선 맛있겠다고 말한 뒤 머리를 올려 묶으며 말했다.

"둘이 보는 건 오랜만인 것 같네."

"그러게요."

"그건 그렇고, 300만 축하해. 이건 선물."

"안 PD님이 잘 해주신 덕이죠."

"답지 않게 겸손은?"

안민영이 상자 하나를 건네며 말을 이었다.

"면세점에서 산 거야."

"열어봐도 돼요?"

"그럼. 강 감독 주려고 산 건데."

곱게 포장된 박스 안에는 넥타이가 들어 있었다.

"이제 양복 입고 여기저기 많이 다녀야 할 텐데 넥타이도 좋은 거 하나 해야지. 마음 같아서는 정장 하나 맞춰주고 싶은데 우리 사장님이 짠돌이라 월급이 워낙 적어야지."

웃음을 흘린 강찬은 헛웃음을 흘린 뒤 넥타이를 목에 대보았다.

"잘 어울리네."

"그럼요. 누구 안목인데."

그사이 고기가 익기 시작하자 안민영이 집게를 들고 고기를 뒤집었다. 강찬은 넥타이를 벗으며 '감사합니다.' 한 번 더 말한 뒤 가방에 집어넣었다. 그러자 안민영이 말했다.

"이번에는 또 무슨 일을 시키려고?"

일 이야기가 나오자 강찬의 얼굴에 미소가 번졌고 그의 웃음을 본 안민영이 미간을 찌푸리며 말했다.

"……굉장히 불길한 눈인데."

"예?"

"선댄스 가서 거리공연 하자고 할 때도 그런 눈이었어. 자기 혼자 재미있는 일 꾸미는 그런 눈."

그녀의 말에 헛웃음을 흘린 강찬은 고개를 저으며 말문을 열었다.

"일단은요……."

강찬은 10분가량에 걸쳐 자신의 계획을 설명했고, 계획을 모두 들은 안민영은 고개를 저었다.

한번 결정한 강찬이 뜻을 굽힐 리 없다는 것을 아는 안민영은 결국 강찬을 말리기 위해 백중혁에게 전화를 걸었다.

하지만 백중혁은 안민영의 뜻대로 움직여주지 않았다. 외려 모든 말을 들은 백중혁은 특유의 호탕한 웃음과 함께 '사장이 자기 돈 자기가 쓰겠다는데 뭐가 문젠가?' 하고 되물어왔다.

할 말이 없어진 안민영은 알겠다 말한 뒤 전화를 끊었고 이내 관자놀이를 꾹꾹 누르며 말했다.

"진심이지?"

"그럼요."

"이 바닥 전부 계약직으로 돌아가는 건…… 모를 리가 없으니 넘어가고. 그런 사람들을 전부 정규직으로 고용해 월급을 주겠다는 말, 내가 제대로 이해한 거지?"

"예. 영일 미디어아츠나 한길 영화제작소처럼 영화 제작사를 만든다는 거죠."

"오직 강 감독을 위한."

"예."

다른 이가 말했다면 실컷 비웃어 준 뒤, 영화판에 대해 공부나 더하고 오라고 했을 것이다. 그리고 같은 업종에서 일하는, 이를테면 윤가람과 같은 이와 함께 술안주로 이야기했을 것이다.

하지만 강찬이 하는 말이기에 그럴 수 없었다.

부정부터 한 안민영은 짧은 한숨을 연달아 쉬면서도 머릿속으로 실현 가능성과 그로 인해 오는 얻을 수 있는 이들, 그리고 실용성에 대해 고민하기 시작했다.

그러자 그녀의 머리 위에 피어 있는 발아의 씨앗 중, 조그만 줄기 형태를 한 것이 살짝 빛을 발했다.

강찬이 흥미로운 눈으로 발아의 씨앗을 보고 있을 때, 안민영이 말했다.

"돈 얘기는 해봤자 씨알도 안 먹힐 거고. 나한테 말했다는 건…… 이미 계획이 다 세워둔 거지?"

그녀의 말에 씩, 웃은 강찬은 미리 준비해온 서류를 안민영에게 건넸다.

"이름?"

"예. 제가 따로 조사해봤는데 거기 적혀 있는 분들이 제일 괜찮더라고요. 그분들한테 연락하고 한 번씩 만나 본 다음에 마음에 맞는 분들로 구성해 보게요."

A4 용지를 가득 채운 이름을 슥 훑은 안민영의 눈이 진지해졌다.

"생각보다 오래 준비했나 봐."

"그럼요."

실행에 옮긴 건 일주일도 안 되긴 했지만, 자신의 사단을 만들겠다고 생각한 건 오래되었으니 완전히 틀린 말은 아니다.

안민영은 결국 현실을 받아들이기로 마음을 먹은 것인지 천천히 고개를 끄덕였다.

"모든 스태프를 한국에서 구하게? VFX 같은 경우에는 해외에서 구하는 게 더 나을 텐데."

강찬이 고개를 저었다.

확실히 영화에 관한 인재를 구하기 위해서는 한국보다 해외가 낫다. 특히 할리우드 같은 곳에서 구한다면 훨씬 실력 좋은 이를 구할 수 있을 터. 강찬 또한 알고 있었지만 그러지 않은 이유가 있었다.

"처음이잖아요. 일단은 한국에서 시작해서 제대로 된 매뉴얼부터 만들고 나서 해외로 진출하는 게 맞을 거 같아서요."

그의 말에 안민영이 미간을 찌푸렸다.

"……처음? 그럼 두 번째도 있다는 거야?"

"예. 최종 목표는 두 팀 이상 운영하면서 영화 두 편을 동시 촬영하는 거예요. 그 이상 할 수 있으면 더 좋고."

상상도 하지 못한 발상에 안민영의 입이 떡 벌어졌다. 영화 두 편을 동시에 제작한다니.

"배우도 아니고, 감독이 어떻게 두 편을 동시에 제작해?"

"해보려고요."

이론상 가능하긴 하다.

영화 촬영이라 하더라도 매일 촬영하는 게 아니다. 장비나 로케이션, 그리고 배우들의 스케줄에 따라 짧게는 하루, 길게는 일주일씩 촬영 기간이 빌 때가 있다.

이런 시기를 잘 배치한다면 두 편의 영화를 동시에 찍는 것도 불가능하진 않을 터.

"……."

무어라 말을 하려던 안민영은 입술만 뻥긋거리다 이내 입을 다물었다.

'이론상 가능하다'라는 말은 보통 현실에서는 실현 불가능할 때 쓰이기 마련이다. 하지만 강찬은 한다면 하는 사람. 이제 막 준비하는 단계인데 최종 목적을 가지고 무어라 말하기도 어려웠다.

결국, 종착역은 한숨이었다. 안민영이 길게 한숨을 쉬자 강찬이 말했다.

"도와주실 거죠?"

"사장님이 하자는데 일개 직원이 무슨 힘이 있겠습니까. 시키는 대로 해야지."

"하긴, 그건 그래요."

"하……."

"그럼 이번 것도 잘 부탁드리겠습니다."

미소를 지은 강찬이 그녀에게 손을 내밀었다. 안민영은 강찬과 악수를 하는 대신 벨을 눌러 소주를 시키는 것을 택했다.

강찬과의 만남 이후, 안민영은 그가 넘겨준 이름 목록을 보며 한 명씩 만나 이야기를 나누었다. 정규직이라는 말에 혹하는 이들이 있는 반면, 말도 되지 않는다는 반응과 어린 감독의 치기라며 무시하는 이들 또한 있었다.

지금 눈앞에 있는 촬영 감독처럼.

"상식적으로 가능하다고 생각하시오?"

어이가 없다는 표정의 촬영 감독이 안민영을 바라보며 말을 이었다.

"강찬 감독이 어린 나이에 성공해서 뭘 모르나 본데……."

"감독님의 상식을 제가, 그리고 강찬 감독이 알아야 할 필요는 없을 것 같네요. 대화는 여기까지 하죠."

굳이 더 들을 필요가 없다고 생각한 안민영이 촬영 감독의 말을 끊고 자리에서 일어섰다. 그러자 촬영 감독이 코웃음을 치며 말했다.

"지켜보리다."

안민영 또한 처음 들었을 때는 부정적인 스탠스를 취하긴 했지만, 지금은 아니다.

한번 시작하기로 마음먹고 결정된 이상 자신의 생각보다 사익, 즉, 강찬의 생각을 현실로 이루기 위해 일하는 게 옳기 때문이다.

그 이후로도 안민영은 여러 메인 스태프들을 만나며 이야기를 나누었고 그 사람 중에는 강찬을 나이가 아닌, 그가 일구어놓은 것으로 판단하는 이들도 적지 않았다.

"한 번 만나 뵙고 싶었는데 잘 되었네요."

"그럼 자세한 일정을 잡고 연락드리겠습니다."

안민영은 강찬이 리스트에 적어놓은 이들 외에도 자신이 능력 있다 생각하는 메인 스태프들 또한 만나가며 그들을 데려오기 위해 노력했다.

그 사이 휴고는 미국으로 돌아갔다. 강찬과 함께 한국에 남아 천만 달성의 순간을 보고 싶다 했지만, 가족이 미국에 있었기에 언제까지 한국에 머무를 순 없는 노릇이었다.

그렇게 개봉 이후 38일이 지났다.

ATM의 본사.

집무실 겸 작업실에서 일하고 있던 강찬은 노크 소리에 대답했다.

"네."

"들어간다?"

"들어오세요."

문을 열고 들어온 사람은 안민영이었다. 그녀는 정리하지 않아 덥수룩해진 강찬의 머리를 보며 짧게 한숨을 쉬고선 말했다.

"촬영 감독 두 분, 조명 감독 세 분, 음향 감독 세 분. 미팅 일정 잡았어. VFX는 팀 단위로 구해야 해서 아직이고. 편집 기사분들은 너무 많아서 일단 보류 중."

"고생하셨습니다."

미팅 일정을 잡은 감독들의 이력서를 강찬에게 건넨 안민영은 싱글벙글 웃으며 물었다.

"아직도 스코어 안 보고 있어?"

"예."

"개봉하고 38일 쨌 데, 몇 명이나 봤는지 궁금하지 않아?"

"궁금해서 미칠 것 같긴 하죠. 근데 보다 보니까 그것만 보게 돼서 다른 일을 아무것도 못 하겠더라고요."

강찬은 초조해지는 자신을 막기 위해 미디어와의 접촉까지 끊어 버린 뒤 신작에 집중하고 있었다.

덕분에 날이 갈수록 '지킬 앤 하이드'의 시나리오는 탄탄해졌지만, 강찬의 정신은 피폐해져 가고 있었다.

"언제까지 안 보려고?"

"제가 봐야 하는 순간이 오기 전까지?"

"천만 되면 보겠다는 소리네."

강찬은 부정하지 않고 씩 미소를 지었다. 그러자 안민영이 강찬의 어깨를 툭 치며 말했다.

"그럼 지금 보자."

"네?"

"강 감독의 두 번째 영화, 'TWO BASTARDS'가 1시간 전에 천만 찍었어. 천안 멀티플렉스 4관 4시 20분 영화, 47명 관람객이 입장했고 그걸로 천만 달성. 딱 천만 네 명."

"……네?"

강찬이 믿기지 않는다는 듯 멍한 얼굴로 되묻자 안민영이 흐흐, 하는 이상한 웃음을 흘리더니 짝, 하고 손뼉을 쳤다.

그러자 파라와 서대호가 폭죽을 터뜨리며 작업실 안으로 들어왔고 환호를 지르며 강찬에게 꽃다발을 건넸다.

"봐봐."

안민영은 강찬의 의자를 밀어 컴퓨터를 차지한 뒤 메일을 켜주었다. 그러자 관람객 추이를 나타낸 그래프가 떠올랐고 마지막 숫자를 확인할 수 있었다.

총관람객 수 : 10,000,004명.

"이거 몰래카메라 그런 거 아니죠?"

"이런 거로 몰래카메라를 하면 사람도 아니지."

"안 PD님 사람 맞죠?"

안민영이 어이가 없다는 듯 헛웃음을 흘리곤 진실이라 말해 주었고 강찬의 시선이 모니터에 떠올라 있는 숫자에 고정되었 다.

2004년, 강제규 감독, 장동건 원빈 주연의 태극기 휘날리며 가 천만을 달성하는 기간은 39일이다.

그리고 그것보다 하루 이른 38일째 오후 3시. 그러니까 'TWO BASTARDS'가 개봉한 지 38일이 되었을 때.

'TWO BASTARDS'는 한국 영화 역사상 여섯 번째로 천만 영화를 달성했다.

강찬은 잘 감기지 않는 눈을 몇 번이고 깜박였지만, 눈앞에 있는 수치는 변하지 않다. 혹시나 잘못 봤을까 0의 개수를 세어보기까지 해도 변하는 것은 없었다.

"……천만이네."

대한민국 사람 다섯 명 중 한 명은 강찬의 영화를 봤다는 소리. 이 상황이 현실 같이 느껴지지 않은 강찬은 자신의 허벅 지를 눈물이 찔끔 날 정도로 세게 꼬집었다.

"아프네."

"이거 꿈 아니야."

"예. 아파서 눈물이 다 나는 걸 보면 꿈은 아닌가 봐요."

강찬은 어느새 눈에 고인 눈물을 슥 닦아냈지만, 곧바로 흘러내린 눈물까지는 어쩔 수 없었다.

생각만큼 감정이 요동치거나 하진 않았다. 대신 계속해서 눈물이 흘렀다. 영화를 찍으려 발로 뛰어다닐 때보다 더욱 현실 같지가 않았다.

오죽하면 돌아오기 전, 마지막의 기억이 떠올랐다. 지금 눈을 감으면 그때로 돌아가는 게 아닐까.

죽기 직전 이룰 수 없는 달콤한 꿈을 꾸고 있는 게 아닐까, 하는 생각이 계속 들었다. 기쁨으로 심장이 터져도 이상하지 않을 상황에 이런 걱정이 먼저라니.

강찬이 아무 말 없이 눈물만 흘리고 있자 안민영과 서대호가 강찬의 어깨를 감싸며 말했다.

"축하해."

"축하한다! 그리고 고생했어."

두 사람이 강찬을 축하하고 있을 때, 문에 기댄 파라가 미소 띤 얼굴로 말했다.

"제 예상이 맞았네요."

한 달 전, 파라는 'TWO BASTARDS'가 40일 안에 천만을 찍을 것이라 예상했다. 그리고 그것이 현실로 일어난 것이다.

"현실 같지가 않네요. 눈을 감았다가 뜨면 다 사라질 것 같아서 눈을 못 감겠어요."

강찬이 새빨개진 눈으로 말하자 다른 이들의 눈시울 또한 붉어지기 시작했다. 특히 강찬의 집안 사정을 아는 서대호의 경우에는 대놓고 훌쩍거리고 있었다.

분위기가 슬퍼지려 하자 안민영이 다시 한번 짝, 하고 손뼉을 치며 말했다.

"자, 오늘은 모든 영화인이 꿈에도 그릴 만큼 기쁜 날이잖아? 이제 손님들 보러 가야 하는데 더 눈 부으면 안 되니까 눈물은 여기까지."

눈물을 훔쳐도 의미가 없다는 것을 깨달은 강찬은 굳이 눈물을 닦는 대신 목소리를 가다듬으며 말했다.

"손님이요?"

"응. 강 감독, 그리고 우리 인생에 다시 올지 모르는 천만 달성 날인데 조금 더 많은 사람과 함께 기뻐해야 하지 않겠어?"

강찬이 묻자 안민영이 악동 같은 미소를 지으며 말했다.

"가자."

안민영이 그의 손을 끌었고 강찬은 고개를 끄덕이며 그녀의 뒤를 따라 걸음을 옮겼다.

안민영을 따라 도착한 곳은 호텔의 뷔페였다.

뷔페에는 정장부터 캐쥬얼한 복장까지 다양한 사람들이 모여 있었는데 그들 중 강찬이 아는 얼굴은 30%도 되지 않았다.

저번에 송인섭이 준비했던 파티가 강찬이 아는, 그리고 강찬을 아는 이들이 모이는 자리였다면 이번에는 영화계 친목회장 같은 느낌이었다.

강찬을 아는 이, 강찬을 만나고 싶어 하는 이, 그리고 축하해주는 사람들까지. 뷔페 안 테이블이 가득 찰 정도로 많은 이들이 모여 있었다.

'발아의 씨앗이 무슨……'

대부분이 연예계 혹은 영화계에 종사하는 사람들인지라 머리 위에 씨앗 하나는 기본으로 장착하고 있었다.

그 덕에 눈이 피곤할 지경이었지만 강찬의 얼굴에서는 미소가 가시질 않았다. 모두가 그의 천만 달성을 축하해주기 위해 모인 자리였기 때문.

많은 사람이 다가와 자신을 어필하기 위해 노력했고 강찬은 그들과 어울리며 명함을 교환하고 인사를 나누었다.

그렇게 인사를 나누고 있을 때, 새된 목소리가 들려와 고개를 돌려보니 이여름이 강찬을 향해 걸어오고 있었다.

"감독님!"

"여름…… 아?"

'악당' 개봉 이후 거의 1년 만에 보는 이여름은 몰라볼 정도로 자라있었다. 아무리 성장할 시기라지만 이 정도로 클 줄이야.

"세상에 거의 10cm는 큰 것 같은데?"

"8cm 컸어요. 헤헤."

11살에서 12살이 되었을 뿐인데 통통했던 얼굴의 볼살은 흔적을 찾아볼 수도 없었고 벌써 얼굴의 라인이 살아나고 있었다.

날이 서 있는 코와 큰 눈, 짙은 속눈썹까지.

"우리 여름이 엄청 예뻐졌네."

"감사해요."

이여름은 해맑게 웃더니 등 뒤로 숨기고 있던 꽃다발을 건네며 말했다.

"천만 관객 달성 축하드려요!"

해맑게 웃는 모습에 강찬의 입가에도 미소가 번졌다. 강찬이 꽃다발을 받으며 감사하다 말하자 이여름이 말을 이었다.

"다음 영화에는 꼭 저도 출연시켜주세요!"

"당연하지."

돌아온 이후, 2년에 가까운 시간 동안 가장 공을 들인 이를 꼽자면 단연 이여름이다. 게다가 자신을 위해 가수 데뷔까지 포기한 이 아닌가.

저번 영화에서야 배역을 만들기 애매한 것도 있었고, 또 경험을 위해 다른 작품들에 출연을 시킨 것도 있었다.

이제는 둥지로 돌아와야 할 때.

강찬의 말에 이여름은 만족한 듯 고개를 끄덕였다. 이여름과 대화를 나누고 있는 사이에도 수많은 사람이 다가와 축하의 말을 건넸다.

개중, 송인섭은 대한민국에 있는 배우들의 부탁을 받기라도 한 듯 쉴 새 없이 새로운 인물을 소개해 주었다.

"이쪽은 이하나 배우."

"반갑습니다. 강찬입니다."

"축하드려요, 감독님."

이하나, 대한민국의 남자라면 모를 수 없는 얼굴의 배우였다. 예쁘다를 넘어서 아름답다는 생각이 들 정도로 완벽한 얼굴이었지만.

'연기력 논란이 끊이질 않는 사람이었지.'

아름다운 비쥬얼 덕에 연기를 못해도 많은 사람이 좋아하는 배우였다. 게다가 고급스러운 이미지 덕에 광고는 끊임없이 찍는 배우였고 그 덕에 어느 정도의 팬덤을 가지고 있는 배우기도 했다.

'씨앗이 있긴 하네.'

그런 이하나의 머리 위에도 발아의 씨앗이 있긴 했다. 아직 빛을 발하지 못해 씨앗 상태긴 했지만 말 그대로 씨앗의 단계.

강찬의 시선을 받은 이하나가 미소를 지으며 강찬에게 손을 건넸다.

"이번 작품도 정말 재미있게 봤어요."

"감사합니다."

악수를 마친 그녀는 자연스럽게 강찬의 옆에 앉더니 대화를 주도해나가기 시작했다. 어지간한 사내라면 단박에 홀려도 이상하지 않을 미소에 강찬의 입가에도 웃음이 번져갔다.

'귀엽네.'

이하나는 자신이 가진 무기를 정확히 알고 그것을 이용하고 있었다. 문제는 강찬에게 그녀의 무기가 통하지 않는다는 점이었지만.

'내가 크긴 컸구나.'

이하나 정도 되는 배우가 먼저 다가와 이야기를 하고 그의 환심을 사기 위해 노력하는 모습을 보니 실감이 났다.

그런 강찬의 속을 아는지 모르는지 이하나는 계속 웃으며 강찬과 대화를 이어가기 위해 노력했다.

그녀와 대화를 나누고 있을 때, 소란스럽진 않더라도 부산스럽던 실내가 갑자기 조용해졌다. 자연스레 강찬과 이하나의 시선이 그 주변으로 향했다.

강찬의 시선이 멈춘 곳은 뷔페의 입구였다. 그곳에는 가볍게 차려입은 배혜정이 서 있었다.

그녀는 여유로운 모습으로 장내를 둘러보더니 이내 강찬과 눈을 마주치고는 짧게 손을 흔들었다.

"오랜만에 뵙습니다."

"반가워요."

인사를 마친 배혜정의 시선이 강찬의 옆에 있는 이하나에게로 향했고 그녀의 시선이 닿자 이하나가 고개를 숙여 인사했다.

"안녕하세요, 선배님. 이하나라고 해요."

"반가워요. 배혜정이에요."

강찬과 이야기할 때와는 사뭇 다른 냉랭한 투. 이하나 또한 그걸 느꼈는지 의아한 얼굴로 배혜정을 바라보았다.

"하나 씨, 미안한데 내가 강 감독하고 할 얘기가 있어서요."

"아, 네. 그럼 이야기 나누세요."

방금까지 한 마리 여우 같던 이하나는 순한 고양이가 되어 고개를 숙이곤 자신의 테이블로 돌아갔다.

두 사람의 짧은 대화 사이 무수히 많은 것이 오간 것 같다는 느낌이 착각은 아닐 것이라는 생각이 들었다.

이하나가 돌아가는 것을 보던 배혜정은 강찬의 옆에 앉으며 말했다.

"축하해요."

"감사드립니다."

"제게 감사할 게 있나요."

"다 배혜정 배우님 덕이죠."

"어머, 립서비스는."

"그때 빌려주신 돈이 아니었으면 악당도 못 찍었을 거고, 그럼 지금의 저도 없지 않겠습니까."

"그렇게 따지면 '우리들' 여주인공으로 출연해 준 우리 진주에게 감사해야 하는 거 아닌가요?"

"진주한테도 항상 감사하고 있죠."

"말로만?"

그녀의 시선이 자신의 테이블로 돌아간 이하나에게로 향했고 그녀의 시선이 향한 곳을 본 강찬의 얼굴에 당황이 서렸다.

"……예?"

"농담."

'농담이 아닌 것 같은데.'

강찬이 입 밖으로는 낼 수 없는 생각을 하는 사이 그녀가 말을 이었다.

"처음에 투자 제안하러 왔을 때는 패기만 있는 줄 알았는데, 이제는 여유가 있어서 그런가? 점점 더 잘생겨지네요."

"그런가요?"

"그럼요. 내가 아는 감독들은 오백만만 달성해도 어깨가 하늘에 닿을 듯 올라가던데, 강 감독은 여유가 보여요."

속을 보면 세상 그 누구보다 여유가 없는 사람이 강찬일 것이다. 백억 관객이라는 거대한 목표를 가지고 있으니. 그런 모습이 여유로 보인 모양이었다.

멋쩍게 웃은 강찬은 화제를 돌리기 위해 물었다.

"배우님 작품 활동 다시 시작하신다면서요."

"눈에 드는 작품이 없어서 아직은 보류 중이에요. 왜요? 캐스팅 제의라도 하려고?"

"제의하면 고려해 주시는 건가요?"

그의 말에 배혜정의 눈이 반짝였다. 처음 보는 눈에 강찬이 살짝 당황했을 때, 배혜정은 전과 같은 미소를 띠며 고개를 저었다.

"이제는 내가 부담스러워서. 다음에 하고 싶은 배역이 생기면 말할게요."

"꼭 말씀해 주세요."

배혜정은 대답 대신 고개를 끄덕였고 그 이후로 근황에 대해 대화를 나누기 시작했다. 그녀는 십 수 편의 영화를 찍은 배우답게 영화 쪽에 지식이 해박한 편이었고 그 덕에 끊김 없이 대화를 이어갈 수 있었다.

얼마나 대화를 나누었을까, 그녀는 손목시계를 보더니 말했다.

"벌써 시간이 이렇게 됐네요."

"일정이 있으신가 봐요?"

"그건 아닌데, 날 불편해하는 사람이 올 시간이거든요."

배혜정을 불편해할 사람이라면 수도 없이 많다. 하지만 배혜정이 그걸 알고 자리를 비켜줄 정도의 사람이라니?

강찬의 얼굴에 서린 의문을 읽은 배혜정은 묘한 미소를 짓더니 '저기 왔네.' 하곤 자리에서 일어섰다.

그녀의 시선을 따라 고개를 돌리자 여진주가 해맑은 얼굴로 이쪽을 향해 걸어오고 있었다. 그녀가 말한 '불편해하는 사람'이 여진주인 모양. 강찬의 얼굴에 미소가 번져갈 때.

"오빠!"

그녀는 주변에 있는 감독과 배우, 기자들의 시선 따위는 보이지도 않는지 강찬에게 다가오며 소리쳤고 배혜정은 오, 하는 탄식과 함께 이마를 감쌌다.

천만 관객 달성 나흘 후, ATM 본사 강찬의 집무실.

"안녕하세요. 함문석입니다."

"반갑습니다. 강찬입니다."

군모를 쓴 중년의 사내와 강찬이 악수를 한 뒤 자리에 앉았다.

함문석, 42세로 영화판 경력만 20년이 넘는 베테랑 촬영 기사였다. 그가 촬영한 작품만 하더라도 100개가 넘으며 개중에는 이름만 대도 알 법한 작품이 수두룩했다.

그의 강점은 감독이 원하는 그대로의 영상을 뽑아준다는 것. 경험에서 나오는 실력과 센스가 어우러져 연출을 기가 막히게 하는 사내였다.

그런 사람답게 머리 위로 발아의 씨앗이 자라있었다. 단계를 따져보자면 2단계와 3단계 사이의 상태.

간단한 이야기를 나눈 강찬은 곧바로 본론으로 들어갔다.

"안민영 PD님께 이야기는 들으셨죠?"

"예. 강찬 감독님만의 사단을 만들고 싶으시다고."

"하하, 사단이라 말하니 뭔가 거창하게 느껴지네요. 저는 그저 오랫동안 함께 하실 분들을 모시고 싶은 마음뿐입니다."

그게 그거 아니냐는 듯 어깨를 으쓱한 함문석이 답했다.

"고용 형태는 어떻게 되는 겁니까?"

"일단은 계약직입니다. 이번 영화, 가제긴 합니다만 '지킬 앤 하이드'를 함께 제작하고 그 이후 정규직으로 전환되는 형태로 갈 생각입니다."

익숙하지 않은 형태에 그가 반신반의하는 얼굴로 고개를 끄덕였다. 함문석이 이 자리에 나온 이유는 단순했다.

강찬이라는 감독이 만들어 낸 태풍이 한 번으로 끝나지 않을 것 같다는 생각이 들었기 때문이었다. 지금까지 등장한 어떤 감독들도 강찬만큼 빠른 성장을 보여준 이는 없었다.

미팅을 끝낸 강찬은 안민영을 불렀고 그녀에게 점수표를 건네며 말했다.

"여기 체크된 분들로 가죠."

그녀는 강찬에게 건네받은 리스트를 훑으며 답했다.

"이렇게 다섯 분?"

"예. 팀까지 전부 고용하고 한 달 안에 스탠바이 시켜주세요."

배우 캐스팅 오디션이 내일부터 진행되기에 강찬은 미국으로 가야 했다. 그간 안민영과 윤가람은 한국에 남아 영화 촬영을 준비해야 했고.

"그럼 한 달 뒤부터 촬영 들어가는 거야?"

"아마도 그렇게 되겠죠? 대충 정리되면 안 PD님도 미국으로 넘어와 주세요. 배우 캐스팅 끝나는 대로 로케이션 헌팅 다녀야 하니까."

"오케이."

그 이후 강찬과 안민영은 한국에서 영화 촬영 전 해결해야 할 일들에 관해 대화를 나누었다. 곧 대화가 끝난 그녀가 집무실을 나섰고 홀로 남은 강찬은 머리를 쓸어 올렸다.

"후."

'TWO BASTARDS'를 촬영한 기간보다 한국에 들어와 개봉 준비를 하고 방송에 출연한 기간이 더 길고 힘들게 느껴졌다.

그래도 이제 끝났다는 생각에 긴 한숨을 몰아쉰 강찬은 테이블에 한구석에 올려져 있는 '지킬 앤 하이드.'의 시나리오를 바라보았다.

"또 시작해 볼까."

천만 감독.

돌아오기 전이라면 평생의 숙원을 이루었으니 이제는 조금 쉬어볼까, 하고 생각했을지도 모른다.

하지만 지금은 다르다.

천만이 아닌, 일억, 백억 감독이 되어야 하기 때문에 쉴 수 없었다. 그 때문에 천만 감독이라는 타이틀이 그렇게 크지 않게 다가온 것일 수도 있다는 생각이 들었다.

"많이 컸다, 강찬."

문득 관객 수를 확인하지 않은 지도 꽤 된 것 같다는 생각이 들었고 강찬은 곧바로 욕망의 수를 확인해보았다.

[10,000,000,000명이 돈(욕망)을 지불하고 당신의 영화를 보게 만드세요.]

[관객의 수는 누적됩니다.]

[실패한다면 당신이 얻은 모든 기회가 박탈될 것입니다.]

[현재 욕망을 지불한 사람의 수 : 17,341,912]

[남은 기한 : 20년 6개월 11일]

천 칠백만.

남은 기한은 20년.

남은 욕망의 수는 99억 8,300만.

강찬은 어이가 없어 터져 나오는 헛웃음을 참지 않았다.

"말이 되나."

한 편당 1억 관객을 들인다 해도 100편을 찍어야 한다. 극단적인 예로 영화 '아바타'가 전 세계에서 벌어들인 수익이 27억 달러다.

이 금액을 관객 수로 간단히 치환하면 전 세계 인구 중 3억 명 정도가 '아바타'를 보았다는 뜻이 된다.

즉, 100억 관객은 '아바타' 같은 영화를 30편만 찍으면 아주 간단히 해결되는 것이다. 그것도 20년 안에.

"아니지."

'아바타' 같은 영화 30편이 아니라, '아바타'보다 나은 영화를 시리즈로 1편부터 30편까지 만든다면 훨씬 더 흥행할 수 있을 것이다.

물론 속편이 더 나을 것이라는 보장은 할 수 없지만, 만드는 이가 강찬이고 영화를 만들수록 늘어가는 그의 능력을 생각한다면 충분히 가능할 수도 있을 터.

'일단은 인지도를 쌓는다.'

이번 '다크 유니버스'를 통해 그의 제작 능력을 전 세계에 알린 후, 자신만의 세계관을 짜내어 시리즈 영화를 만든다면.

'가능성이 있어.'

그러기 위해서는 다크 유니버스의 초석이나 다름없는 '지킬 앤 하이드'는 영혼을 갈아 넣어 만들어야 할 터.

'언제는 안 그랬냐 만은.'

다시 한번 긴 한숨을 쉰 강찬은 손을 올려두고 있던 시나리오를 자신의 앞으로 끌어와 펼쳤다. 벌써 수십, 수백 번을 보고 수정한 시나리오였지만 또 보다 보면 수정할 부분이 떠오를 테니까.

그의 영화 '악당'이 글로벌 오프닝을 맞이한 4월 18일.

한국에서의 모든 일을 정리한 강찬은 배우 캐스팅 오디션을 위해 할리우드행 비행기에 몸을 실었다.

◀ 7장 ▶
캐스팅

미국 로스앤젤레스, 휴고의 집.

미국에 있는 동안, 머물 곳이 없는 강찬을 위해 휴고가 방을 한 칸 내주었다.

지금 한국에 있는 집보다 큰 방에 머물게 된 강찬은 한국에 돌아가면 집부터 사야겠다 결심했다.

미국에 도착한 날 밤, 강찬은 완성한 시나리오를 휴고에게 보여주었다. 방학 숙제를 검사받는 아이의 심정으로 휴고를 바라보던 강찬은 이내 고개를 돌려 창밖을 바라보았다.

지킬 앤 하이드의 시나리오는 일반적인 히어로물과 궤를 달리했다. 슈퍼맨이나 배트맨처럼 권선징악이 기반이 되긴 했지만, 징악까지 가는 경로가 다르다.

새로운 시도는 모 아니면 도다. 물론 모로 만들기 위해 노력을 하긴 했지만, 휴고의 눈에는 어떻게 보일지 모르는 상황.

살짝 긴장한 강찬이 다리를 떨고 있는 사이 시나리오를 전부 읽은 휴고가 강찬을 바라보며 말했다.

"지킬 박사가 결국 하이드가 되어버리는 게 인상적이네요. 원작에서도 이랬나요?"

"예."

지킬 박사와 하이드 씨.라는 원작소설은 이중인격을 다룬 내용이다.

많은 사람이 알고 있는 제목이지만 상세한 내용까지는 모르는 이들이 많은 소설. 줄거리를 간단히 요약하면.

인간의 몸에 선과 악, 두 가지가 깃들어 있다고 생각한 헨리 지킬은 화학 약물로 선과 악을 분리할 수 있다는 가설을 세운 뒤 실험에 들어간다.

결국, 약물을 만들어 낸 지킬은 자신의 인격을 두 개로 나누는 데 성공하는데 여기서 선이 지킬이며 악은 하이드다.

둘은 정반대의 성격을 가지고 있어서 하이드가 된 지킬은 밤에 돌아다니며 온갖 범죄를 저지르고 다니며, 자신의 실험을 반대한 이들을 죽이기까지 한다.

그러다 결국 헨리 지킬은 자신이 하이드, 그러니까 악에 잠식당했다는 사실을 깨닫고 스스로 고립시키며 소설이 마무리

된다.

강찬의 시나리오는 원작과 조금 다르다.

일단은 히어로 물이기에 원작이 가지고 있던 무거운 분위기를 덜어내고 위트와 유머를 더해야 했다.

그러면서도 전하고자 하는 메시지의 무게가 가벼워지진 않도록 신경 써야 했으며 장면이 지루해지지 않도록 장면의 연출에도 공을 들였다.

"원작과는 조금 다르지 않나요?"

"사실 많이 다르죠."

지킬 박사가 갖는 캐릭터 성을 제외하고는 모든 것이 달라졌다고 보아도 될 정도. 강찬이 씩 웃자 휴고가 마주 미소를 지으며 말했다.

"얼핏 보면 무거울 법한데도 매드 사이언티스트, 그러니까 지킬이 하이드가 된 뒤가 굉장히 흥미롭네요. 권위적이고 보수적이었던 지킬이 자신의 내면에 내재해 있던 본능대로 행동하게 되며 파괴적이고 즉흥적이고, 방탕해지는…… 극적인 변화라 할까요."

강찬이 중점을 둔 것, 그리고 전하고자 하는 메시지가 여기에 있었다.

다른 영화라면 한 편 내내 다룰 수도 있는 주제, 권위주의적이었던 이가 자유분방을 넘어서 자기 파괴적으로 변해가는 과정을 1시간 안에 끝내려 노력했다.

한 편의 영화가 아닌, 다크 유니버스라는 넓은 세계관의 시작이었기에 다크 유니버스가 담고 있는 메시지를 지킬이라는 캐릭터에 최대한 녹여냈으며 휴고의 반응을 보니 성공적인 모양이었다.

"재미있겠다는 생각도 들지만…… 할 수 있을까 하는 생각도 드네요. 매드 사이언티스트라."

2011년에 캡틴 아메리카에 레드 스컬로 등장해 매드 사이언티스트 연기의 끝을 보여준 이가 휴고 위빙이다. 굳이 걱정할 필요가 없다. 그는 잠시 고민하는 듯 창밖을 바라보다가 시나리오를 펼쳐 강찬에게 보여주었다.

"이 부분이요."

그가 보여준 시나리오는 이 부분이었다.

먼지 한 톨 없는 실험실, 포마드로 올린 단정한 머리를 한 사내가 테이블을 내리쳤다. 흰 가운을 입은 그는 몇 번이고 긴 한숨을 내쉬다가 자신의 손을 내려다보더니 이내 한숨을 쉬었다.

"이러면 안 돼."

그는 무언가 결심을 한 듯 자리에서 일어선 뒤, 실험실 한편에 있는 주사기를 집어 들고선 자신의 몸을 의자에 결박했다.

그렇게 모든 준비가 끝났을 때, 그는 눈을 감은 뒤 자신의 팔뚝에 주사를 놓았다. 그는 눈앞이 흐려지는 것을 느끼면서도 CCTV를 노려보았다.

그리고 다시 눈을 떴을 때. 제일 먼저 느껴진 것은 극심한 허기였다. 태어나 지금까지 부족한 것 없이 살아온 사내였기에 이 정도로 극심한 허기를 느끼는 것은 처음.

배가 고프다 못해 속이 아려오는 상황이었지만 그런 것을 신경 쓸 상황이 아니었다.

"……무슨."

깔끔하기 그지없던 실험실은 태풍이 휩쓸고 간 것처럼 엉망이 되어 있었다. 누군가 의도적으로 깨부수기라도 한 듯 모든 것이 부서져 있는 장내.

사내는 자신의 결박이 풀린 것을 그제야 인지하고 주변을 둘러보았다. 그러다 벽에 쓰여 있는 글귀를 발견한다.

'I'M HIDE ON YOU.'

당황한 사내의 얼굴이 클로즈업되고 그는 곧바로 실험실의 입구로 달려가지만, 누군가 침입한 흔적은 없다.

잠시 고민하던 그는 무언가 생각난 듯, 컴퓨터로 걸어가 CCTV를 재생해 본다. 그리고 주사를 한 시점으로 녹화된 영상을 돌리는데 드문드문 보이는 영상에 '무언가'가 실험실을 박살 내는 모습이 비친다.

사내는 입술을 씹으며 자신이 주사를 맞는 시점까지 되감기를 한 후 재생을 눌렀다. 사내가 주사를 맞은 뒤 5분이나 지났을까.

간헐적으로 발작하던 사내의 몸이 크게 뒤틀렸다. 마치 누군가 사내의 몸을 쥐고 걸레를 쥐어짜는 듯한 모습.

영상을 보던 사내의 포커페이스가 무너진 지는 오래, 사내는 자신의 몸이 박살 나는 것을 보며 자신도 모르게 팔뚝을 쓸어내렸으나 자신의 몸은 멀쩡한 상태였다.

사내의 시선은 다시 영상으로 향했고, CCTV 속 사내의 몸은 어느새 부풀기 시작했다.

그의 몸은 더 이상 사람이라 부르기 힘들 정도로 부풀었다. 그것도 상체만. 마치 거인의 상체를 사내의 상반신에 이식해놓은 듯한 모양새.

사내를 결박하고 있던 의자는 부서졌고 결박이 풀린 순간, 괴물이 되어버린 사내가 인간의 것이 아닌 포효를 내지르며 실험실을 박살 내기 시작했다.

괴물은 파괴라는 사명을 가지고 태어나기라도 한 것처럼 쉬지 않고 모든 것을 부숴 버렸다. 100평이 넘는 실험실의 모든 것을 부수는 데 걸린 시간은 5분 남짓.

입을 벌린 채 영상을 보던 사내의 미간이 찌푸려진 것은 그

다음이다.

괴물은 괴력을 발휘하며 쇠까지 찢어발겼지만, 그의 피부는 인간의 그것인지 쉽게 찢어지며 상처가 나고 피가 흘렀다.

문제는 그다음. 피가 바닥에 떨어지기도 전에 상처가 아물고 있었다.

영상을 보고 있던 사내는 '맙소사', '신이시여'를 연발했지만, 영상에서 눈을 떼지 않았다. 결국, 파괴가 끝나고 폐허가 되었을 때.

더 이상 부술 것이 없자 괴물은 문을 향해 걸어갔다. 그리고 지능이 있음을 증명하듯 출입구의 비밀번호를 누르기 위해 손을 얹었다.

하지만 거인의 그것이 되어버린 손가락은 비밀번호를 누르지 못했고 괴물은 포효했다. 그와 동시에 출입구를 부수기 위해 손을 치켜들었지만.

무언가 고민하는 듯 잠시 멈추었다가 결국 내리치지 않았다. 결국, 돌아선 괴물은 바닥 여기저기 흘려져 있는 자신의 피를 손에 묻혀 벽에 글씨를 쓰기 시작했다.

'I'M HIDE ON YOU.'

그리고 마치, 곧 CCTV를 볼 자신을 바라보듯. CCTV를 바라본 뒤 눈을 감았다. 그러자 괴물은 그대로 뒤로 쓰러졌고 비정상적으로 부풀어 올랐던 괴물의 몸이 다시 원래 사내의 그것으로 돌아가기 시작했다.

저명한 뇌과학자인 헨리 지킬은 이중인격인 아버지의 아래서 자랐다. 평소에는 한없이 자상한 아버지였지만 '술'이라는 매개체가 더해지는 순간 세상에 다시없을 폭력배가 되어 그와 그의 어머니를 괴롭혔다.

하지만 헨리 지킬의 어머니, 로라는 강한 여성이자 뛰어난 과학자였다.

아버지의 인격적 문제가 병이라 생각한 그녀는 '인간의 선과 악을 분리해낼 방법'에 대해 연구를 하고 있었다.

그러던 어느 날, 헨리 지킬의 아버지는 넘지 말아야 할 선을 넘고 만다. 그 사건으로 인해 로라가 죽고, 술에서 깬 아버지는 죄책감을 이기지 못한 채 자살하고 만다.

그런 과정을 겪은 헨리 지킬은 어릴 적부터 '선과 악'에 관해 관심을 가질 수밖에 없었고 어머니의 뒤를 이어 뇌 전문 과학자의 길을 걷게 되었다.

천재적인 사업가였던 아버지와 저명한 과학자였던 어머니의 뇌를 이어받은 덕일까, 그는 승승장구를 이어가며 이름 있는 과학자가 될 수 있었다.

그렇게 나이를 먹어갈 때. 헨리 지킬은 자신의 내부에도 '악'이 있다는 것을 깨닫게 된다. 남들보다 더 추악하고 더러우면서도 폭력적인 악이.

그것을 깨달은 헨리 지킬은 자신의 안에서 '악'을 지워버려야 한다는 강박에 시달리며 실험의 실험을 거듭해 '인격을 두 가지로 나누는 약물'을 만들어 내는 데 성공한다.

인격을 두 가지로 나누어 하나의 인격을 묻고 살아간다면, 그렇게 지워버릴 수 있다면 된다 생각한 것이다.

하지만 '인격'이란 인간에게만 있는 것. 당연하게도 임상시험을 할 수 있는 대상을 구하는 것이 불가능했다. 헨리 지킬은 결국 모든 인간의 인격에서 '악'을 박멸하겠다는 의지로 자신에게 실험하게 된다.

휴고가 보여준 장면이 바로 그다음 장면인 주사를 맞고 처음으로 '하이드'가 나타나는 장면.

"예. 이 장면이 왜요?"

"좋아서요. 읽는 순간 카타르시스가 들더군요. 지금까지 모든 것을 억누르며 살아온 '지킬'의 본성이 '하이드'를 통해 드러나는 거잖아요? 마치 현시대를 살아가는 모든 사회인을 대변하는 느낌이었어요."

의도한 바를 그대로 긁어주는 휴고의 말에 강찬의 입가에 미소가 번졌다.

"거기가 시작이죠."

"예. 어떻게든 자신의 욕망을 더욱 억누르려는 지킬. 자신이 원하는 대로 살길 바라는 하이드. 그리고 점점 더 수면 위로 등장하는 하이드와 과연 하이드가 '악'인지를 의심하며 결국 하이드와의 경계가 모호해지는 지킬. 정말 매력적인 캐릭터네요. 기대가 돼요."

휴고는 겉치레로 하는 말이 아닌지 눈을 빛내고 있었다. 장면 하나로 시작한 그는 시나리오를 쓴 강찬의 모든 의도를 파악하고 싶은 것인지 대사와 지문 하나하나까지 물어왔다.

'좋아.'

아직 유니버셜에는 보여주지 않은 상황, 수십 편의 영화를 찍은 휴고가 이 정도로 눈을 빛내는 시나리오라면 그들의 눈 또한 충족시킬 것은 자명했다.

괜한 걱정을 덜어버린 강찬은 휴고와 대화를 나누며 밤을 지새웠고 두 사람의 대화는 다음 날 아침이 되어서야 끝을 맺을 수 있었다.

4월 21일. 미국, 유니버셜 픽쳐스 본사.

메인 디렉터 안토니 갤리웍스의 집무실. 그는 강찬을 보자

마자 눈을 흘기며 말을 꺼냈다.

"반칙 아닌가?"

"뭐가요?"

"시나리오를 그렇게 써버리면 어떤 배우가 하려고 하겠나."

강찬이 의아한 눈으로 안토니를 바라보자 그가 농담이라는 듯 입꼬리를 올리며 말을 이었다.

"시나리오가 아니라 거의 스토리보드 수준이던데. 보는 것만으로 머릿속에 영화가 재생되는 시나리오는 오랜만에 만나서 참 즐거웠네."

"칭찬으로 듣죠."

그는 '그럼, 칭찬이지.' 하고 말한 그는 강찬의 앞으로 리스트를 내밀며 말했다.

"아직 시나리오도 안 나왔는데 꽤 많은 배우가 지원했네. 이름 있는 이들한테도 돌려보긴 해야겠지만, 일단 자네가 감독이고 자네가 시나리오 라이터고 자네가 연출까지 하기로 했으니 먼저 묻겠네. 쓰고 싶은 배우가 따로 있나?"

이 질문 하나를 듣기 위해 13시간 동안 비행기를 탄 것이라 말할 수 있었다.

"예."

"그렇군. 몇 개까지 양보해 줄 수 있겠나?"

"주연 하나, 조연 셋 정도는 제가 뽑겠습니다."

강찬의 말에 안토니가 의외라는 듯 호, 하는 소리를 냈다. 이 정도로 큰 규모에서 캐스팅할 수 있는 권한은 말 그대로 권력이나 다름없다.

　　제작비만 수백억, 거기다 다크 유니버스라는 세계관을 여는 첫 영화, 유니버셜의 미래가 걸린 영화나 다름없다.

　　만약 주연으로 이번 영화에 등장할 수 있다면 적어도 몇 편의 영화는 확정적으로 찍을 수 있게 되며 만약 흥행이라도 한다면.

　　세계적인 스타 자리에 오르는 것은 시간문제가 된다. 그렇기에 안토니가 되물었다.

　　"나머지 카드는 우리에게 주겠다?"

　　"드리는 것이라기보다는."

　　강찬은 말을 잇는 대신 미소를 지으며 그의 눈을 바라보았다. 그러자 안토니가 헛웃음을 흘리며 고개를 저었다.

　　"빚을 지워두겠다?"

　　"그런 무거운 단어를 사용하실 필요까진 없으십니다."

　　"빚이 빚이지 뭔가. 근데 의외군. 자네가 다 가져갈 거라고 생각했는데 말이야."

　　"오는 게 있으면 가는 게 있는 게 이 세계의 법칙 아닙니까."

　　강찬의 말에 안토니가 눈을 위로 떴다. 자신이 준 것이 무엇이 있는지, 이에 상응할만한 가치를 지녔었는지, 그리고 내가 이만큼 받았다면 무엇을 주어야 할지에 대해.

순간 몇 가지 생각을 한 그는 이내 고개를 끄덕이며 말했다.

"그렇지. 뭐 준다니 거부하진 않겠네. 많을수록 좋은 게 캐스팅 권한이니. 주연 하나에 조연 셋이면 생각해둔 이들이 있나?"

"예."

강찬의 대답에 그의 눈에 호기심이 깃들었다. 다른 캐스팅 카드를 포기할 정도로 파격적인 인사일 것인가, 아니면 반짝거리는 원석일 것인가. 그도 아니라면 시나리오를 쓸 때부터 구상해두었던 인물?

이미 시나리오를 본 안토니였기에 어떤 배역에 어떤 배우가 들어가는지 궁금해 몸이 단 상황이었다.

"누군가?"

안토니가 살짝 입술을 핥으며 물었고 강찬은 씩 웃으며 대답했다.

"Zhēn Zidān."

중국어로 읽자면 전쯔단, 한국어로 읽자면 견자단. 두말할 것 없이 유명한 배우의 이름에 안토니가 씩 웃었다.

"벌써 중국 시장을 생각하는 건가?"

"예."

순간 기특하다는 듯 고개를 끄덕이던 안토니의 눈에 의아함이 깃들었다.

"하나 있는 주연 카드를 쓰지 않아도 될 만한 인물인데, 굳이 카드를 쓴 이유가 있나?"

"무조건 캐스팅해야 하거든요."

견자단의 주가가 폭등하는 것은 2008년, 중국의 영화배우이자 감독인 홍금보가 제작한 '엽문'에서 주연을 맡게 되면서부터이다.

다른 톱스타들이 2~30대에 필모그래피에 정점을 찍는 반면 견자단은 쉰에 가까운 나이에 '엽문'으로 정점을 찍게 된다.

반대로 이야기하자면 견자단은 지금 누구보다 성공에 목말라 있는 사람이라는 뜻이 된다.

만약 이번 영화 '지킬 앤 하이드'로 정점에 오름과 동시에 할리우드 데뷔를 성공적으로 해낼 수 있다면.

'완벽히 내 사람으로 만들 수 있겠지.'

안토니는 흠, 하는 소리와 함께 미간을 긁적였다.

"무조건이라, 이유가 있나?"

"개인적으로 팬입니다."

무척이나 간단한 이유지만 충분히 이해할 수 있다. 하지만 안토니는 의심의 눈초리를 지우지 않은 채 강찬을 바라보았다.

"뭐 감독이 그렇다면 그런 것이겠지. 알겠네. 나머지 조연 셋도 결정되어 있나?"

"예. 세 명이 세트로 등장할 예정인데 아직 한 명이 결정이 안 되었으니 캐스팅 오디션 끝나고 말씀드리겠습니다."

"그렇게 하지."

안토니는 목이 말랐는지 물 한 잔을 마시고서는 강찬을 바라보며 물었다.

"배우는 여기까지 얘기하고, 스태프 채용에 대해 물어볼 게 있네."

"물어보시죠."

"전부 한국인으로 간다고?"

"전부는 아닙니다. 메인 스태프 중 치프급, 그리고 그들이 데려온 몇 명만 한국인으로 갈 생각입니다."

"메인 스태프라면 어느 선까지?"

"메인 프로듀서 둘, 촬영, 연출, 편집, 조명, 소품입니다."

"허……. 결국 요직은 다 자네 사람으로 채워 넣겠다는 거군."

"배우는 유니버셜이 채우지 않습니까."

강찬의 말에 안토니가 아, 하는 소리와 함께 고개를 저었다.

"그게 미끼였던 건가."

이미 물었으니 뱉을 수도 없는 상황. 물론 마음만 먹으면 다시 뱉을 수도 있겠지만, 스태프 결정권보다야 배우 결정권이 돈이 된다.

다시 한번 상황을 곱씹어본 안토니는 이내 강찬의 수속에 숨겨진 뜻을 깨닫고선 헛웃음을 흘리기 시작했다.

"자네 머리에서 나온 생각인가?"

"예."

영화 촬영장에서 감독만큼 큰 입지를 가진 이들이 바로 메인 스태프, 즉 치프들이다.

이들은 경험과 경력으로 무장한 이들로서 각자의 팀을 데리고 있는 데다가 제작사 혹은 배우들과 안면까지 있어 절대 무시할 수 없는 인력들이다.

만약 유니버셜 측에서 치프급 인사들을 배정한다면, 그들이 의도하지 않더라도 강찬의 영화에 입김을 불어 넣을 수 있는 장치가 마련되는 것이나 마찬가지.

그렇기에 강찬은 거의 모든 자리에 채워 넣을 수 있을 만큼 많은 치프들을 영입한 것이다.

이제 막 강찬의 회사, ATM에 입사한 치프들은 정규직의 전환, 그리고 할리우드에서 이름을 알리기 위해 영화에 누가 되는 행동을 하진 않을 것이다.

단순 실력으로만 보자면 미국의 스태프가 그들보다 뛰어날 수도 있지만, 다른 변수를 제거할 수 있다는 큰 이유가 있다.

"이거 우리가 해줄 게 너무 없겠는데."

"배급사의 역할만 해주셔도 충분합니다."

"그럼 우리한테 오는 게 적지 않겠는가."

안토니는 내려놓기로 한 듯 직설적으로 말했다. 투자라는 것은 확정할 수 없는 변수가 존재하지만, 불변의 법칙이 몇 가지 있다.

개중 하나가 '뿌린 만큼 거둔다.' 즉, 많은 투자를 할수록 많은 수확을 할 수 있다는 것인데.

지금과 같이 강찬이 모든 것을 다 해버리면 유니버셜 입장에서는 비빌만한 껀덕지가 없어지고 그만큼 투자를 할 수 있는 구멍이 작아지는 것이다.

"로케이션 헌팅까지만 제가 신경 쓰겠습니다. 나머지는 전부 알아서 하셔도 됩니다."

"……끙."

갑과 을이 뒤집힌 상황. 상대가 다른 이었다면 당장 때려치우고 나가라 하겠지만.

"로케이션 헌팅해 줄 이는 구했나?"

"아뇨."

"우리 쪽에서도 매니저 하나 붙여주겠네. 필요한 게 있으면 그 사람을 통해 말하고, 비용 청구하게."

"그렇게 하겠습니다."

고개를 끄덕인 강찬의 시선이 안토니에게서 떠나 창밖으로 향했다.

'의외인데.'

사실 모든 메인 스태프를 한국인으로 쓰겠다는 말에 반발이 심할 줄 알았다. 그렇기에 몇 명 정도는 서브로 내릴 생각까지 하고 있었는데.

'배우 캐스팅 권한 준 게 컸구나.'

강찬이 원하는 것을 다 얻어냈으니 이제는 저들이 원하는 것을 들어주어야 했다. 여기서 더 요구했다가는 불화가 생길 수도 있으니.

강찬의 시선이 돌아가자 안토니 또한 고개를 돌려 시계를 보더니 말했다.

"식사했나?"

"아뇨. 캐스팅 오디션까지 두 시간 정도 남았으니 식사하고 와도 괜찮겠네요. 그럼 하러 가실까요?"

"그러지."

안토니는 잘되었다는 듯 자리에서 일어나 외투를 걸쳤고 강찬은 먼저 일어서 문을 열었다.

안토니가 강찬을 데리고 향한 곳은 스테이크 하우스였다.

1인분의 시작이 1kg부터인 괴랄한 식당에서 안토니는 자신의 체구를 유지하는 비결을 알려주기라도 하려는 듯 1.5kg짜리 립아이를 시켜 1시간에 걸쳐 다 먹는 기염을 토했다.

식사를 마친 두 사람이 유니버셜 본사로 돌아왔을 때, 헤르무트가 그들을 맞이했다. 헤르무트는 오디션장으로 발걸음을 옮기며 말했다.

"오디션 참가자는 총 여섯이고, 테이블 위에 이력서 올려뒀습니다."

며칠 전 받은 이력서 내용을 떠올리는 사이, 세 사람이 오디션장에 도착했다.

원래대로라면 영화의 메인 PD와 제작자, 투자자 등 많은 인원이 참가해야 할 자리지만 강찬이 제작자이자 투자자이며 감독이기에 유니버셜 측에서도 많은 인원을 내보내진 않았다.

하지만 메인 디렉터인 안토니를 강찬에게 붙여두는 것만으로도 그들의 관심은 충분히 대변할 수 있는 상황. 아쉬울 것은 없었다.

강찬은 곧바로 준비된 자리에 앉아 이력서를 살펴보았다.

여섯 명의 주연이 있고 그중 비중이 있는 주연은 넷이다. 악역 하나와 주인공, 그리고 주인공의 윙맨 둘.

오늘은 주인공의 윙맨 자리, 한 명의 여자와 한 명의 남자 오디션을 보는 자리였다.

'여자 둘에 남자 넷이라.'

이력서를 살피던 강찬의 얼굴에 미소가 번졌다.

'다 아는 얼굴이네.'

물론 같이 일해본 적은 없었다. 하지만 영화감독으로서 할리우드 정보에 빠삭했던 강찬은 이력서에 있는 모든 배우의 개략적인 정보는 알고 있었다.

　이력서를 훑는 중, 이름 옆에 작게 별표가 되어 있는 배우를 발견한 강찬의 시선이 안토니에게로 향했다.

　안토니 또한 이력서를 훑고 있다가 강찬의 시선을 눈치채곤 그를 바라보았는데, 강찬의 손에 들린 이력서를 보고선 고개를 끄덕였다.

　굳이 뒷말을 잇지 않아도 무슨 상황인지 충분히 이해가 되는 상황.

　'유니버설에서 미는 배우인가.'

에바 가엘 그린(Eva Gaëlle Green)
　프랑스인이며 배우이자 패션모델인 여자다. 2001년 데뷔했으며 런던의 웨버 더글라스 드라마 아케데미, 그리고 뉴욕의 티스 아트 스쿨에서 공부한 경력이 있다.

　필모그래피로는 몽상가들, 아르센 루팡, 킹덤 오브 헤븐 등이 있으며 2006년 카지노 로얄에 출연해 프랑스인 배우 중 단연 두각을 보이며 할리우드에 정착했다는 평을 받는 배우.

　여기까지가 현재의 정보였고 강찬은 머리를 긁적이며 그녀의 정보를 더 꺼내보았다.

'이후로 단편 영화 몇 개 찍다가…… 무슨 영화로 떴더라.'

2016년 개봉했던 미스 페레그린과 이상한 아이들의 집에서 페레그린 원장 역을 맡기도 했었으며 그 이후로도 꾸준히 연기 활동을 했던 것이 기억났다.

'좋은 배우지.'

팜므파탈 역이 어울리는 마스크를 가진 배우지만 의외로 순박한 역할도 잘 어울리는 배우이며 프랑스 특유의 버터를 바른 듯한 영어 발음이 인상적인 배우.

'나쁘지 않다.'

급이 낮은 배우라도 유니버셜 쪽에 맞춰줄 생각이었는데 에바 그린이 나와준다면야 강찬은 두 팔 벌려 환영할 수 있었다.

'근데 왜?'

에바 그린이라면 굳이 별을 치지 않더라도 연기력만으로 충분히 뽑힐 수 있는 배우였다. 그렇다고 배역에 어울리지 않는 것도 아닌데.

궁금증이 든 강찬은 입술을 톡톡 두들기다가 나머지 여배우의 이력서를 펴보았다.

'이러면 이해가 되지.'

멜라니 로랑(Mélanie Laurent)

에바 그린과 똑같이 프랑스 출신의 여배우로서 감독이자 작가이며 가수이기도 하다. 83년생이지만 99년부터 영화 활동을 시작해 꽤나 많은 영화에 출연했으며 2006년에는 세자르 신인 여배우 상까지 탄 배우.

'둘 중 누가 돼도 이상하지 않다.'

그러니 한 쪽에 별을 치는 것이다. 외려 한 쪽이 너무 뛰어나다면 이해를 할 수 없겠지만 이런 식으로 비등비등한 상황에 한쪽이 뽑힌다면 그러려니 하고 이해할 수 있을 테니까.

'이래서 뒷배가 중요한 거지.'

어느 나라, 어느 사회건 그렇겠지만, 인맥이 전부인 영화판에서 뒷배란 절대적인 영향력을 발휘한다. 고개를 끄덕인 강찬은 멜라니 로랑의 이력서를 맨 아래로 내렸다.

별이 그려진 이상 그녀가 어지간히 연기를 못하지 않는 이상에야 여주인공으로 에바 그린은 확정된 것이나 다름없었으니까.

'그럼 남자는.'

일단 별이 있는 사람이 있나 싶어 이름을 쭉 훑어보았지만, 별이 체크된 이는 없었다. 꼼꼼히 이력서 전부를 훑은 강찬이 안토니에게 말했다.

"에바 그린과 멜라니 로랑이라니. 생각보다 쟁쟁하네요?"

"나도 의외라 생각하네. 원래대로라면 우리가 돈 싸 들고 찾아가야 할 배우들이 오디션까지 보러 오고 말일세."

돈을 싸 들고 찾아갈 정도의 배우들은 아니지만. 어쨌든 불러서 오디션을 치르게 할 급이 아닌 건 확실하다.

강찬이 고개를 끄덕이자 안토니가 말을 이었다.

"뭐 자네 영화를 기대하는 이들이 그만큼 많다는 뜻이기도 하겠지."

"제 영화일지, 유니버셜 픽쳐스의 새로운 유니버스일지는 모르죠."

그의 말에 안토니는 어이가 없다는 듯 한쪽 눈썹을 찡그렸다.

"자네 입에서 겸손한 단어가 나오니 굉장히 어색한데, 원래 하던 대로 하게나."

"원하신다면야."

여자 배우야 별이 표시되어 있는 에바 그린을 뽑으면 될 테고, 관건은 남자 배우들이다. 강찬과 안토니가 남자 배우들에 대해 대화를 나누는 사이 헤르무트가 들어오며 말했다.

"준비되셨습니까?"

"예."

"그럼 에바 그린 양부터 오디션 보겠습니다."

안토니와 강찬이 시선을 마주하고 고개를 끄덕이자 에바 그린을 데리러 나갔다. 문이 닫히는 것을 보고 있던 강찬이 슬쩍 물었다.

"헤르무트가 저런 일을 할 직책은 아니지 않나요?"

"팬이라더군."

"에바의 팬 말입니까?"

안토니가 고개를 끄덕이자 강찬은 진짜냐 물었다. 그러자 그가 한 번 더 고개를 끄덕였다. 헤르무트 또한 어느 정도 경험이 있는 디렉터, 그런 이가 팬이라는 이유만으로 스태프를 자처하다니.

재미있다는 생각이 들었다. 그것도 잠시.

'……헤르무트가 별 표를 친 건 아니겠지.'

곧 평소에 무표정한 얼굴 아래 가릴 수 없는 미소를 지은 헤르무트가 에바 그린과 함께 오디션장으로 들어왔고 강찬은 헤르무트의 눈을 바라보았다.

그의 신경은 온통 에바에게 향해 있었기에 강찬의 시선을 느끼지 못하는 듯 보였고 이내 강찬은 에바에게로 시선을 돌렸다.

'설마.'

헤르무트가 그 정도의 힘을 가지고 있을 거라는 생각이 들진 않았다. 곧 생각을 털어 버린 강찬은 오디션에 집중했다.

오디션장은 20평 정도 되는 원룸이었으며 긴 테이블 하나와 의자가 놓여 있었다. 긴 테이블에는 강찬과 안토니, 그리고 촬영 기사가 있었으며 녹화를 위한 카메라가 돌아가고 있었다.

"안녕하세요."

에바가 들어오자 서로 인사를 했고 강찬은 그녀의 머리 위로 시선을 돌렸다. 그리고 정신을 집중하자 그녀의 머리 위로 발아의 씨앗이 피어올랐고.

'세 개라.'

강찬이 데리고 있는 사람 중 가장 많은 씨앗을 가진 이는 파라. 그녀 또한 3개의 씨앗을 가지고 있었는데 에바 그린 또한 세 개였다.

배우이자 모델, 거기에 아트 스쿨과 드라마 아카데미까지 다닌 경력을 보면 이해할 수 있는 개수. 거기다 세 개 모두 2단계 정도로 보였다.

곧 인사가 끝나고 본격적인 오디션이 시작되었다. 여주인공역할의 대본을 미리 건넨 상태였기에 강찬이 원하는, 그리고 안토니가 원하는 장면을 그녀가 연기했고 즉흥으로 건넨 상황에 맞추어 연기 또한 선보였다.

"수고하셨습니다."

인사와 함께 에바 그린이 나가자 강찬이 흠, 하는 소리와 함께 안토니를 바라보았다.

"무난하네요."

"그렇지?"

흠잡을 데가 없는 연기였으나 그렇다고 해서 눈에 확 띄는 부분이 있는 것도 아니었다. 아쉬운 부분도 없는 말 그대로 무난한 연기.

"그럼 바로 진행하죠."

"그렇게 하지."

강찬의 말에 헤르무트가 멜라니 로랑을 들여보냈다.

금발에 연녹색 눈, 각진 턱과 160㎝가 조금 안 되는 키. 눈 아래 뺨 근처의 점이 인상적인 프랑스인이었다.

남자가 아니라 누구라도 시선이 갈만한 할리우드 스타의 모습이었지만 강찬의 시선은 그녀의 얼굴이나 몸매가 아닌 머리 위로 고정되어 있었고.

그 모습을 본 안토니가 그의 팔을 툭 치며 작게 말했다.

"뭐하나."

"안토니."

"음?"

강찬은 말 대신 펜을 들고 이력서 위에 글자를 적었다.

-제가 멜라니 로랑을 캐스팅하려면 뭘 드리면 되겠습니까?

그의 글귀에 안토니의 눈이 훅 커졌다. 안토니는 미간을 찌푸렸다가 이내 흥미롭다는 듯 자신의 팔뚝을 툭툭 두들긴 뒤 말했다.

"일단 오디션부터 끝내지."

그의 말에 강찬의 시선이 다시 멜라니에게 돌아갔다. 아니 정확하게는 그녀의 머리 위에 있는 세 개의 씨앗, 하나의 줄기, 그리고 하나의 꽃봉오리로 눈을 돌렸다.

수줍은 소녀가 고개를 숙이고 있는 모습과 비슷한 꽃봉오리는 강찬의 시선을 빼앗기 충분했다.

손가락 한 마디 정도의 꽃봉오리는 검지만 한 줄기 끝에 걸려 있었는데 잎사귀 두 개와 함께 있는 모습이 아름답다 못해 경이로운 외견을 자랑했다.

'……맙소사.'

이름 높은 화가들의 작품을 직접 두 눈으로 보고 압도당했다는 표현을 사용하는 이들이 있다.

강찬은 그들에게 공감하지 못했다.

그만큼 비싼 작품들을 본 적이 없어서 그럴 수도 있겠지만, 지금까지 본 그림 중 강찬에게 그런 느낌을 준 작품은 없었다.

오히려 거대한 건축물, 이를테면 자유의 여신상 같은 것들을 보며 '와, 이걸 그 시대에 어떻게 지었을까.' 하는 생각을 한 적은 있어도.

그렇기에 이해가 되었다.

꽃봉오리를 본 순간, 사고가 멎었다. 단순한 네 글자, 아름답다는 표현이 그의 뇌리에 가득 찼으며 그리고 나서 든 생각은.

'잡아야 한다.'

멜라니 로랑은 그저 그런 배우다. 물론 할리우드에 진출한 배우에게 그저 그런 배우라는 말은 어울리지 않지만.

톱스타들을 주연이라 치자면 조연 정도 되는 배우.

그렇기에 아무런 기대가 없었다.

돌아오기 전까지, 그러니까 향후 20년 정도는 배우로서 이름을 높이기보다는 감독과 가수, 모델 쪽을 오가며 배우는 취미 정도로 했을 뿐인 이였다.

그런 이에게 꽃봉오리가 있다니.

"시작해도 될까요?"

그녀의 목소리에 정신을 차린 강찬이 시나리오에 손을 올리며 말했다.

"아, 예. 그러죠. 그럼 S88, 스텔라가 하이드가 되어버린 지킬에게 다가가는 부분부터 해주실 수 있을까요. 지킬 대사는 제가 해드리겠습니다."

"네."

끝을 살짝 늘어뜨리는 듯한 발음이 매력적으로 들려왔다. 그녀는 희고 얇은 검지로 시나리오를 넘기더니 주룩 읽어나갔다. 연초록색 눈동자가 대본을 훑던 것도 잠시. 그녀는 눈을 감은 채 자리에서 일어섰다.

"지킬, 지킬? 지킬!"

"음?"

"정신을 어디에 두고 있어요?"

"아."

그녀의 시선이 대사를 받아주는 강찬에게 향했다. 어느새 몰입한 듯 그녀의 눈에는 지킬을 향한 걱정과 근심이 담겨 있었고 그런 멜라니의 시선을 받은 강찬의 욕심이 더욱 커졌다.

'탐나는데.'

연기력만 보자면 에바와 별 차이가 없다. 그녀의 머리 위에 있는 꽃봉오리를 본 강찬의 눈에 콩깍지가 씌어 그럴 수도 있겠지만.

'더 나아.'

감정의 전달 면에 있어 호소력이 조금 더 짙은 느낌이었다. 무엇보다 그녀가 연기를 시작한 이후, 산들바람이라도 부는 듯 흔들거리는 꽃봉오리가 강찬의 시선을 잡아끌고 있었다.

'진짜 바람이 부는 것도 아닌데.'

바람이 분다 해도 형체가 없는 빛 덩어리가 흔들린다는 건 말이 되지 않는다. 간단히 생각해 보자면 저 꽃봉오리와 연기가 상관이 있다는 소리.

그 이후, 강찬은 에바보다 많은 신의 연기를 지시했고 멜라니는 훌륭히 연기해냈다. 즉흥 연기 또한 마찬가지.

눈물을 흘릴 수 있냐는 말에 10초도 되지 않아 붉어진 눈으로 눈물을 쏟아내는 그녀를 본 강찬은 박수를 쳤고 안토니는 콧김을 내뿜었다.

"그럼 여기까지 하겠습니다."

아직 붉어진 눈으로 미소를 지은 채 고개를 끄덕인 멜라니가 밖으로 나가자 안토니의 시선이 강찬에게 향했다. 그의 입이 열리기 전, 강찬이 선수를 쳤다.

"에바 그린 밀어주는 데가 어딥니까?"

"알면 어떻게 해보기라도 할 생각인가?"

"예."

강찬의 말에 안토니는 몇 가닥 남지 않은 머리를 쓸어 올리며 말했다.

"답 없는 친굴세. 이력서에 장난을 칠 정도의 회사를 자네 홀로 상대할 수 있을 거라 생각하나?"

그렇다고 꽃봉오리를 가진 사람을 놓칠 수는 없다. 만약 강찬이 저 꽃봉오리를 제대로 틔울 수 있다면, 하다못해 서대호의 능력을 통해 그녀의 능력을 최대한으로 사용해 영화를 찍을 수 있다면.

단순한 오락 영화를 넘어서 관객들의 가슴에 파고드는 영화를 만들 수 있을 것이었다. 거기에 휴고의 연기까지 더해진 다면.

그뿐만 아니라 견자단까지 있다. 그를 통해 중국까지 노릴 수 있는 상황. 한국에서는 이미 천만을 이루어놓은 상태이니 수많은 배급사가 몰려 그의 영화로 스크린 독점을 할 수도 있다.

그것을 넘어서 배우들만으로 세계적으로 이목을 끌 수도 있을 터.

잠시 다른 생각을 하던 강찬이 고개를 끄덕이며 답했다.

"예."

"어떻게?"

"견자단은 안토니가 추천하는 거로 바꾸고, 주연 하나, 조연 카드 두 개까지 넘기겠습니다."

"······진심인가?"

"예."

즉, 멜라니 로랑과 조연 한 명을 제외하고선 캐스팅을 모두 유니버설에 맡기겠다는 소리. 마음에 든다는 듯 생각에 잠겼던 안토니는 이내 테이블을 두들기며 말했다.

"좋은 제안이라 생각했는데 결국 실속을 챙기는 건 자네뿐이군. 휴고와 견자단, 거기에 멜라니까지 모두 캐스팅하는 방안 아닌가?"

"그렇습니다."

그게 뭐가 문제냐는 듯, 강찬이 당당히 대답하자 안토니가
헛웃음을 흘렸다. 그에 강찬이 말을 이었다.

"선후 관계가 다른 것 아니겠습니까. 그리고 그게 제일 중요
하고 말이죠."

강찬의 말대로 안토니가 할 말도 있다. 강찬이 유일하게 원
하는 배우가 멜라니고, 나머지 캐스팅 권한은 전부 유니버설에
게 넘겼다. 정도로 타협한다면 안토니의 윗선 또한 만족할 만
한 결과.

에바 그린이야 다른 영화에 조금 더 세게 밀어주면 되는 부
분이니 적당한 타협으로 넘어갈 수 있을 것이다.

머릿속으로 그림을 그려보던 안토니가 생각이 정해진 듯 말
했다.

"답이 없는 친구가 아니라, 답을 만드는 친구였구만. 그래,
자네가 만든 답이 내게도 매력적으로 들리니 긍정적으로 검토
해보겠네."

"감사합니다."

강찬의 인사에 안토니는 짧게 혀를 차더니 헤르무트를 불러
캐스팅 오디션을 이어가자는 말을 전했다.

곧 남자 배우 넷이 차례대로 들어오며 오디션을 치렀다. 강
찬은 멜라니 로랑에 대한 생각은 잠시 접어둔 채 남자 배우들
오디션에 집중했고 객관적인 시선으로 점수를 매겼다.

그리고 오디션이 끝났을 때, 안토니가 말했다.

"헨리 카빌. 이 친구 괜찮은 것 같은데."

헨리 카빌이라면 2013년, 새로운 슈퍼맨 '맨 오브 스틸'에 출연하며 세계적으로 관심을 받게 되는 배우다.

"괜찮긴 한데 너무 어립니다. 저는 제임스 다시가 더 괜찮아 보이네요."

1999년 '참호'라는 영화로 데뷔한 영국의 남자 배우로서 75년생이다. 190㎝가 넘는 큰 키와 작은 얼굴이 인상적인 배우.

주인공인 휴고가 마흔이 넘은 나이기에 그의 윙맨으로 등장하는 캐릭터 또한 비슷한 연배는 되어야 한다는 강찬의 생각이었다.

"흠. 참고하지."

취할 것을 모두 취한 뒤 주도권을 내어준 상태였기에 강찬은 별다른 말을 더하지 않았다. 강찬의 눈에 캐릭터에 어울리는 배우는 제임스 다시였다.

앞으로 제임스 다시가 어떤 영화에 출연하고 어떤 영화가 흥행하는지, 그의 필모그래피를 아는 강찬이기에 더욱이나.

헨리 카빌은 2013년을 기점으로 뜨긴 하지만 그 뒤로 출연하는 DC의 영화마다 애매한 스코어를 그리며 이도 저도 아닌 위치가 되어버리고 만다.

그에 반해 제임스 다시는 천천히 필모그래피를 쌓아가며 모든 감독이 원하는 '적당한 배우'의 완성형이 된다.

어디에 세워두어도 자신의 역할을 해내는, 색이 짙지 않아 어느 색과도 어울리는 그런 배우.

"그럼 오늘은 여기까지입니까?"

"일단은 그렇네."

오디션이 끝나고 점수를 취합하는 사이, 강찬의 시선이 배우들의 대기실로 향했다. 멜라니가 아직 남아 있을 이유는 없지만, 괜히 시선이 향하는 것까지는 어쩔 수 없었다.

그런 강찬의 시선을 본 안토니가 시선을 돌리며 말했다.

"멜라니 로랑이 자네보다 네 살이 많군."

"그렇죠."

"적당해."

그의 말에 헛웃음을 흘린 강찬이 고개를 젓자 안토니는 어깨를 으쓱했다.

"감독과 배우, 그림 좋지 않은가."

"그런 거 아닙니다."

"그럼?"

"뭐…… 헤르무트가 에바 그린을 보는 그런 팬심이라 해두면 될 것 같습니다."

그의 말에 안토니의 시선이 헤르무트에게로 향했고 그는 흠, 하는 소리와 함께 고개를 저었다.

마치 선을 긋기라도 한 듯 강찬이 할 일과 안토니가 해야 할 일이 나누어졌다.

캐스팅이 끝나자 강찬은 영화 내부적인 것만 컨트롤하면 되게 되었고, 나머지 외부적인 것은 PD인 안민영과 윤가람이 맡아 안토니와 조율해나가게 된 것.

안민영과 윤가람을 비롯한 강찬 사단이 미국으로 넘어왔고 촬영 준비가 막바지 단계에 이르렀다.

그렇게 삼 주가 흘러 4월 31일.

할리우드 외곽, 간이로 마련한 사무실에 강찬과 안민영이 마주 앉아 있었다.

"캐스팅을 거절한 사람이 단 한 명도 없다는 게 기사로 떴네."

"그래요?"

"응. 휴고 위빙, 견자단, 멜라니 로랑, 제임스 다시까지. 출연진 화려하다."

미리 전해 들어 알고 있는 사실이었지만 기사가 뜬 것을 보자 감회가 새로운 듯 안민영이 짧게 와, 하는 탄성을 내뱉었다.

"이 사람들 몸값만 합쳐도 강남에 건물 한 채는 사겠네."

"강남에 건물 한 채 사는 것보다 투자 수익은 좋을걸요?"

"그건 그렇지."

몸값만 억 단위인 배우를 쓰는 이유는 간단하다. 그들이 영화에 등장함으로 벌어들일 수 있는 돈이 억 단위를 훨씬 상회하기 때문.

"강 감독, 한국 한 번 들어갈 생각 있어?"

"무슨 일 있어요?"

그의 말에 안민영이 고개를 끄덕이더니 말을 이었다.

"파라가 한국에서 제작 발표회 한 번 하는 건 어떻냐고 묻던데. 배우들 데려오는 건 힘들 테니까 없이 강 감독 혼자 토크쇼 방식으로."

"그냥 미국에서 배우들 데리고 제작 발표회 하는 걸 한국으로 송출하죠."

"……그런 방법이?"

"그게 더 편하지 않겠어요?"

"편하다마다. 을에서 갑이 되는 건데. 생각해 둔 방송사나 프로그램은 있고?"

"안 PD님이 알아서 해주세요. 중간 리베이트는 눈감아 드리겠습니다."

강찬의 말에 입이 귀에 걸린 안민영은 좀처럼 들은 적 없는 흥흥, 거리는 웃음소리와 함께 말했다.

"오케이. 이건 유니버설 쪽이랑 말 맞춰보면 될 거고. 여름이는 언제 데려올까?"

"언제 된다는데요?"

"여름이 어머니가 학교 쪽 하고 이야기하고 있는데, 아무래
도 초등학생이다 보니까 그쪽 부모님들이 반발이 조금 있는 모
양이야."

그녀의 말을 이해하지 못한 강찬의 눈썹이 들렸다.

"누구 부모님이요?"

"여름이 다니는 학교 학부모들. 여름이가 TV에도 나오고 영
화에도 나오고 그러니까 다른 애들도 부러워서 나도 하고 싶
다, 하면서 딴따라 분위기 만드는 게 마음에 안 든다…… 뭐
이런 여론?"

"……제가 이해를 못 하는 건가요? 아니면 그 사람들이 이상
한 건가요?"

"사회적으로 뭐가 옳은지는 모르겠지만. 난 강 감독이랑 같
은 사이드야. 자기 자식들 못 시킨다고 남의 자식 앞길까지 막
는 건 무슨 논리람."

"아무리 의무교육이라지만 학교 재량으로 뺄 수 있지 않아요?"

"가능한데 눈치가 보인다는 거지. 언제까지 영화만 찍을 것
도 아니고, 영화 찍고 오면 다시 그 학교 다녀야 하는데."

12살. 감수성이 예민하다 못해 폭발한다는 15살까지는 3년
남은 시기지만 그래도 꽤 중요한 시기임은 틀림없다.

그런 시기에 아무 이유 없이 집단에 의해 시기를 당하는 것은 멘탈에 좋지 않을 수 있는 상황.

천천히 고개를 끄덕인 강찬이 말했다.

"안 그래도 집 보러 가야 했는데, 한국 한 번 다녀올게요. 여름이 일은 제가 해결하고 올게요."

"강 감독이 직접?"

"예."

"방법은 있고?"

"한 번 해보고, 안 되면 학교에 기부라도 하죠, 뭐."

태평한 대답에 미소를 지은 안민영은 알겠다 답한 뒤 물었다.

"집은 무슨 말이야?"

"어머니가 마당 딸린 집에서 개를 키우고 싶다고 하셔서."

"집 사게?"

"예."

무언가 현실적인 조언을 해주고 싶어 입을 연 안민영은 이내 입을 다물었다. '알아서 하겠지.' 하는 생각이 들었기 때문.

"괜히 눈탱이 맞지 말고."

"그럼요."

"엄한 사람 눈탱이 치지 말고."

"엄한 사람은 안 칠게요."

"……이제 영화 제작 들어가는데 기사에 나올 만한 행동만 하지 말아줘."

"기사도 돈이면 무마할 수 있지 않나요?"

"점점 재벌 마인드가 되어가네."

그녀가 눈을 흘기자 강찬이 하하, 웃으며 고개를 저었다.

"농담이에요. 사람이 정정당당하게 살아야지 돈으로 뭐 해결하고 그런 거 별로 안 좋잖아요. 털어서 먼지가 나오기 전에 먼지가 안 묻게 살아야지."

"그러길 바라."

그 이후, 몇 가지 일정을 조율한 뒤 안민영과 헤어진 다음 날.

쇠뿔도 단김에 빼라고, 강찬은 아침 한국으로 향하는 비행기에 몸을 실었다.

'개는 어떤 종이 좋으려나.'

자신이 집에 없는 경우가 많으니 어머니가 많이 적적하실 터, 자주 찾아뵌다 해도 그 빈자리까지는 어쩔 수 없을 것이다.

'아들 대신 개라도 있는 게 낫겠지.'

집에서 하는 일만 따지자면 아들이나 개나 별다를 것 없다는 생각을 하던 강찬은 이내 고개를 휘휘 저었고, 곧 그가 탄 비행기가 한국에 도착했다..

To Be Continued

Wish Books

나는 될 놈이다

글쓰는기계 게임 판타지 장편소설
WISHBOOKS GAME FANTASY STORY

판타지 온라인의 투기장.
대장장이로 PVP 랭킹을 휩쓴 남자가 있다?

"아니, 어디서 이런 미친놈이 나타나서…….'

랭킹 20위, 일대일 싸움 특화형 도적, 패배!

"항복!"

'바퀴벌레'라고 불릴 정도로
끈질긴 생명력을 가진 성기사조차 패배!

"판타지 온라인 2, 다음 달에 나온다고 했지?"

평범함을 거부하는 남자, 김태현!
그가 써내려가는 신개념 게임 정복기!